Le temps de la vengeance

Chère Lectrice,

Bientôt Noël, le temps des rêves et des surprises. Qu'avez-vous prévu cette année ? Un réveillon amoureux en tête à tête ? Une veillée paisible et poétique au coin de l'âtre ? A moins que, dotée d'une forme olympique, vous ne prépariez un Noël sportif à la montagne ou un Noël en famille dans une maison remplie d'enfants.

Car il existe bien des façons de fêter Noël ! C'est du reste ce que vous pourrez constater ce mois-ci, dans votre collection Azur où nos héros s'apprêtent à passer des réveillons aussi variés que mémorables : que ce soit le *Réveillon inattendu*, et des plus agités, qui attend Tennessee et Will obligés de se cacher pour échapper à un psychopathe évadé de prison (Azur 1776). Ou bien encore ce *Noël aux Caraïbes* (Azur 1782), qui se révèle pour Cathy beaucoup plus chaud que prévu. Sans parler de ce *Noël blanc* (Azur 1779), qui devait être pour Lisa celui de ses fiançailles et où elle se retrouve à la fois coincée par la neige et obligée de réveillonner avec son pire ennemi.

Enfin, celles que la poésie de Noël lasserait pourront toujours s'évader, soit qu'elles préfèrent partir pour un safari au cœur de l'Afrique (Azur 1780), jouer les gardes du corps (Azur 1777) par héroïne interposée, ou bien encore faire escale à Caracas pour retrouver Kyla, l'héroïne de la passionnante saga des Landon, aux prises avec un redoutable don Juan.

Ce mois-ci, par ailleurs, vous êtes invitée à participer au grand jeu Harlequin : *Gagnez le cadeau de vos rêves.* Confiez-nous votre rêve le plus fou : au jeu du Mot Magique Harlequin, il peut devenir réalité ! Le mot-clé de votre collection Azur est ROMANTIQUE. Vous connaîtrez tous les détails de ce jeu à la fin de votre roman.

Bonne chance, et joyeuses fêtes à toutes !

La Responsable de collection

LEE WILKINSON

Le temps de la vengeance

HARLEQUIN

COLLECTION AZUR

Si vous achetez ce livre privé de tout ou partie de sa couverture, nous vous signalons qu'il est en vente irrégulière. Il est considéré comme « invendu » et l'éditeur comme l'auteur n'ont reçu aucun paiement pour ce livre « détérioré ».

Cet ouvrage a été publié en langue anglaise sous le titre :
A HUSBAND'S REVENGE

Traduction française de
MONIQUE DE FONTENAY

83-85, boulevard Vincent-Auriol, 75013 Paris — Tél. : 01 42 16 63 63
ISBN 2-280-04480-3 — ISSN 0993-4448

1.

Quand elle ouvrit les yeux, ce fut pour découvrir un monde étrange, fait d'ombre et de lumière. Puis sa vision, peu à peu, se précisa. Elle se trouvait allongée sur un lit, dans une chambre aux murs blancs, affreusement impersonnelle et guère plus grande qu'une cellule. Le sol, carrelé de gris, semblait avoir perdu sa couleur à force d'être lavé. Un chariot en métal avait été poussé près de son lit et, dans un coin de la pièce, se trouvait un lavabo dont le robinet fuyait. Le bruit des gouttes qui tombaient une à une avec une régularité de métronome évoquait un supplice chinois.

L'unique fenêtre était dépourvue de rideaux et, seule touche joyeuse dans cet univers glauque, les rayons du soleil pénétraient à flots dans la pièce. La jeune femme focalisa son attention sur eux, espérant que la lumière chaleureuse lui ferait oublier sa peur et l'affreuse odeur des antiseptiques.

Baissant les yeux, elle vit qu'elle portait une chemise de coton rêche qui s'attachait dans le dos. Elle sut alors avec certitude qu'elle se trouvait sur un lit d'hôpital.

Cela n'avait aucun sens ! Elle ne savait ni comment ni pourquoi elle se trouvait là. Trop épuisée pour pouvoir réfléchir, elle referma les yeux et sombra dans un sommeil profond.

Quand elle s'éveilla de nouveau, le soleil avait disparu et les ombres de la nuit envahissaient la chambre, menaçantes. Elle déglutit avec peine, sa bouche et sa gorge aussi desséchées qu'un parchemin. Le robinet continuait à fuir, et il y avait un verre sur le lavabo. Il lui fallait boire à tout prix.

Elle se redressa sur le lit et posa les pieds par terre. Comme elle tentait de se mettre debout, la pièce se mit brusquement à tourner et elle fut obligée de se cramponner à la barre du lit pour ne pas tomber. Au même instant, la porte de la chambre s'ouvrit, livrant passage à une jeune et jolie jeune femme en tenue d'infirmière qui se précipita vers elle.

— Vous ne devez pas vous lever ! la réprimanda-t-elle gentiment.

— J'ai... j'ai soif ! plaida-t-elle d'une voix à peine audible.

— Oh, bien sûr... je vais aller vous chercher un verre de jus d'orange.

Elle l'aida à se rallonger, remonta l'oreiller sous sa tête et alluma la lampe de chevet.

— Votre médecin va être heureux de savoir que vous êtes enfin réveillée.

Réveillée ! Oui, elle l'était, sans doute : sa tête lui faisait mal, et sa gorge était desséchée. Mais elle éprouvait néanmoins une curieuse impression comme si... comme si son cerveau, lui, était toujours endormi. Elle ne savait ni qui elle était ni ce qu'elle faisait là. Elle ne se souvenait plus de rien !

L'infirmière revint avec le verre de jus d'orange promis. Tandis que la jeune femme buvait avec gratitude, des bruits de pas résonnèrent dans le couloir, et un homme en blouse blanche portant des lunettes pénétra dans la chambre. Il semblait pressé et imbu de lui-même.

Sans un mot, il s'approcha du lit, sortit un stylo-torche

de sa poche et l'approcha des yeux de la malade, après quoi il prit son pouls. Cela fait, il s'assit sur le rebord du lit avec un soupir de satisfaction.

— Je suis le Dr Hauser. C'est moi qui suis en charge du service.

Avec son teint cireux, il ressemblait davantage à un malade qu'à un médecin.

— Quel service ? demanda-t-elle.

L'expression de son interlocuteur lui fit comprendre qu'il n'était pas d'humeur à plaisanter.

— Le service des urgences.

— Pourquoi suis-je ici ?

— Vous avez été transportée dans ce service par un taxi. Le chauffeur affirme que vous avez traversé devant lui sans regarder. Il vous a renversée et votre tête a heurté le bord du trottoir. Selon nos premières observations, vous n'avez rien de cassé. Vous souffrez seulement de contusions sans gravité. Malheureusement, vous n'aviez sur vous aucun papier. Nous n'avons donc pas pu avertir votre famille.

C'était tout juste s'il ne lui reprochait pas d'avoir monté toute cette histoire dans le seul but de les contrarier, le personnel de son service et lui.

— Cet hôpital est surchargé. Nous recevons plus de blessés que nous ne pouvons en accueillir. Et cela empire dès que la nuit tombe.

Ayant rendu les choses on ne peut plus claires, il se leva et se dirigea vers la porte en spécifiant :

— Dès que vous aurez dit à l'infirmière qui vous êtes et où vous habitez, nous contacterons votre famille afin qu'ils viennent vous chercher.

— Mais je ne sais ni qui je suis ni où j'habite !

Il revint sur ses pas.

— Hum... le résultat du choc, sans doute. Ne vous inquiétez pas, la mémoire va vous revenir. Essayez de vous souvenir. Etes-vous une touriste ?

— Une touriste? répéta-t-elle comme un automate. Je... je ne sais pas.

— Vous vous souvenez sûrement de votre nom.

— Non. Je ne me souviens de rien. C'est horrible!

Il se fit plus humain.

— Ne vous tourmentez pas. Une amnésie temporaire n'est pas rare après un choc comme celui que vous avez reçu. Mais cela signifie que nous allons devoir vous garder...

Il laissait clairement entendre que la perspective ne l'enchantait guère.

— ... jusqu'à ce que vous retrouviez la mémoire ou que votre famille vous réclame.

Une amnésie *temporaire*. Alors que la porte se refermait sur le médecin et que l'infirmière prenait des notes, elle s'accrocha à cette idée, mais une vague de terreur la submergea.

— Et si personne ne me réclame? balbutia-t-elle. Peut-être n'ai-je pas de famille!

Elle se couvrit le visage des mains.

— Je ne sais même pas à quoi je ressemble!

L'infirmière ouvrit un tiroir et sortit un miroir qu'elle lui tendit avec un sourire.

— Tenez et regardez. Voici au moins une raison de vous réjouir.

Le miroir lui renvoya le reflet d'un visage d'une extrême pâleur, auréolé d'une abondante chevelure auburn. Son nez était petit et droit, sa bouche quoique bien dessinée était un peu trop grande à son goût, et une ecchymose violacée s'étendait sur toute sa tempe droite. Il n'y avait pas là de quoi se réjouir! Ses immenses yeux d'un bleu si profond qu'ils en paraissaient violets et le grain satiné de sa peau lui semblèrent ses seuls véritables atouts.

Baissant le regard, elle observa ses mains. Elles étaient

fines et racées, mais dépourvues de tout bijou. Elle ne portait pas d'alliance. Elle en éprouva comme un soulagement. Etrange !

L'infirmière lui tendit un verre d'eau.

— Il semble que vous allez devoir passer la nuit ici. Voulez-vous que l'on vous serve à dîner ?

— Non, merci, je n'ai pas faim.

— Bien. Essayez de dormir. Demain matin, les souvenirs vont sans doute vous revenir.

Elle éteignit la lumière et quitta la pièce.

Puisse-t-elle dire vrai ! Cette impression de vide dans son esprit était terrifiante.

Pendant ce qui lui sembla être une éternité, la jeune femme demeura les yeux ouverts dans le noir, tentant désespérément de se rappeler qui elle était et d'où elle venait. En vain. Epuisée, elle finit par s'endormir.

Quelque temps plus tard, elle s'éveilla en sursaut. Quelqu'un sortait de la pièce. Il y avait de la lumière dans le couloir, et une voix d'homme lui parvint.

— Il n'est pas question que j'attende demain matin !

La voix était autoritaire et sans aménité.

— Mais, monsieur, nous n'avons pas l'habitude de laisser partir les malades à cette heure de la nuit !

— Ne pouvez-vous faire une exception ?

— Je ne puis prendre une telle décision. Vous devez parler avec le Dr Hauser, c'est lui le chef de service. Oh... justement, le voici !

Il y eut alors un nouvel échange mais les voix étaient trop éloignées pour être encore distinctes. Lorsqu'elles se rapprochèrent de nouveau, elle reconnut celle du Dr Hauser.

— Nous avons besoin de lits, certes, mais je ne sais si je dois...

La voix autoritaire lui coupa la parole.

— Je veux qu'elle quitte cet endroit sur-le-champ !

Le ton du médecin se fit plus ferme.

— Je suis désolé, mais je suis responsable du bien-être de mes patients. Je ne puis les laisser partir au milieu de la nuit.

Son interlocuteur devint soudain plus conciliant.

— Je comprends. Vos préoccupations vous honorent. Je sais que vous faites un merveilleux travail dans cet hôpital, mais je devine également qu'une institution comme celle-ci n'a pas toujours les fonds dont elle aurait besoin.

Il y eut alors un long silence, perturbé seulement par un bruit de papier.

— Voici un chèque libellé au nom de l'hôpital. Il est en blanc pour l'instant. Si vous faites ce qu'il faut pour me laisser l'emmener sur-le-champ, je ne serai que trop heureux de contribuer à la bonne marche de votre service en le remplissant avec la somme que vous jugerez nécessaire.

— Si vous voulez bien me suivre dans mon bureau...

La voix du Dr Hauser semblait singulièrement radoucie. Le bruit des pas s'éloigna dans le couloir.

Assise dans son lit, calée contre les oreillers, déchirée entre l'espoir et la peur, elle attendit. Quelqu'un était-il venu la chercher? Si c'était le cas — et elle pria Dieu pour que ce le fût — un visage familier allait certainement lui faire retrouver la mémoire.

Le temps s'écoula avec une lenteur effroyable, puis des pas se rapprochèrent de la chambre et la porte s'ouvrit livrant passage au Dr Hauser.

— Ah, très bien, vous voilà réveillée! La mémoire vous est-elle revenue?

Elle déglutit avec difficulté.

— Non.

Il vint s'asseoir sur le bord de son lit.

— Vous allez être heureuse d'apprendre que vous

avez finalement été identifiée. Votre nom est Clare Saunders.

Clare Saunders. Ce nom n'éveilla aucun écho dans l'esprit de la jeune femme.

— Vous êtes anglaise, ce qui explique votre accent.

Qu'elle fût anglaise, elle n'en doutait pas une seconde. Pourtant, le Dr Hauser et l'infirmière avaient tous deux un accent américain. Pourquoi ce détail ne l'avait-il pas frappée plus tôt ?

— Mais je... Où se trouve cet hôpital ?

— A New York.

— A *New York !* Certainement pas ! Je ne peux être à New York !

Sans qu'elle puisse dire pourquoi, la pensée de se trouver dans cette ville la terrifiait. Elle secoua désespérément la tête.

— Pourtant, vous y vivez, madame, dit le Dr Hauser.

— Non, ce n'est pas possible ! Ceux qui vous ont donné ces informations se trompent.

Le médecin manifesta une certaine impatience.

— Vous êtes Mme Clare Saunders. Votre mari vous a formellement identifiée et nous a fourni toutes les preuves nécessaires.

— Mon mari ? Mais je n'ai pas de mari !

De cela aussi elle était convaincue. Les affirmations du Dr Hauser la rendaient peu à peu hystérique. Il réagit aussitôt.

— Calmez-vous, madame Saunders. Découvrir que l'on est amnésique est certes extrêmement traumatisant, mais dans votre cas, cette amnésie ne peut être permanente. La mémoire va vous revenir d'un instant à l'autre.

— Et si elle ne me revient pas ?

— Elle vous reviendra, j'en suis certain. Ce n'est

qu'une question de jours. Dès que M. Saunders aura signé les papiers lui permettant de vous emmener, nous vous remettrons entre ses mains.

Au lieu de la réjouir, cette perspective la terrifia. Elle s'accrocha au bras du médecin.

— Pourquoi une telle précipitation ? Ne puis-je rester ici jusqu'à demain matin ?

Peut-être alors la mémoire lui reviendrait-elle ! Mais elle sut à l'instant même que sa supplique n'avait aucune chance d'aboutir.

— Savez-vous dans quel quartier vous vous trouvez ? demanda le médecin.

— Euh... non.

— Un quartier qui, de toute évidence, n'est pas fait pour vous, madame Saunders. Un quartier où règnent la drogue et la violence. On comprend que votre mari ait envie de vous emmener loin d'ici le plus vite possible.

Il lui tapota la main d'un geste rassurant.

— Tous vos doutes vont s'envoler dès que vous l'aurez reconnu.

Elle n'avait pas identifié sa voix, se souvint-elle. Allait-elle reconnaître son visage ? Que se passerait-il dans le cas contraire ?

La confiance du médecin dans les preuves apportées par l'homme à la voix autoritaire semblait totale. C'était un point réconfortant. Si les preuves n'avaient pas été suffisantes, jamais il ne l'aurait laissé l'emmener, quel que fût le montant inscrit sur le chèque. Du moins osait-elle l'espérer.

La porte s'ouvrit brusquement et un homme grand, brun et à l'imposante carrure pénétra dans la pièce. Il était vêtu avec une élégance certaine, mais c'était son assurance frisant l'arrogance qui frappait le plus chez lui. Le médecin se leva aussitôt, et l'homme prit sa place.

Il ne devait pas avoir dépassé la trentaine, et quand ses

yeux vert océan se posèrent sur elle, la jeune femme ne put s'empêcher de frissonner.

Cet homme lui était totalement étranger.

Fascinée, elle ne pouvait détacher son regard de sa bouche. Une bouche à la fois austère et terriblement sensuelle.

— Clare, ma chérie, j'ai cru devenir fou...

Comme elle se recroquevillait sur ses oreillers, pâle et effrayée, il poursuivit :

— C'est moi, Jos, ton mari... Tu me reconnais ?

S'il était ce qu'il prétendait être, pourquoi éprouvait-elle cette peur instinctive, cette envie de fuir loin de sa présence ?

Il s'empara de sa main. Dans un mouvement de défense involontaire, elle la libéra.

— Vous n'êtes pas mon mari, j'en suis certaine !

Se tournant vers le médecin, elle lança, désespérée :

— Je ne connais pas cet homme. Je ne l'ai jamais vu. Regardez, je ne porte pas d'alliance !

L'homme qui disait s'appeler Jos sortit de sa poche une alliance en or ainsi qu'un solitaire orné d'un diamant.

— Tu as enlevé tes bagues lorsque tu as pris ta douche, ce matin. Je les ai retrouvées dans la salle de bains. Tu as dû oublier de les remettre.

Il mentait. Intuitivement, elle savait qu'elle n'était pas du genre à quitter son alliance. A moins d'avoir une bonne raison pour le faire.

Comme elle secouait la tête, il s'empara de nouveau de sa main gauche et glissa les deux bagues à son doigt.

— Tu vois, elles te vont parfaitement.

Il lui adressa un regard glacial avant de porter la main à sa poche.

— Mais si tu veux des preuves supplémentaires de notre mariage...

Il sortit son portefeuille et en retira un certificat de mariage et deux photos.

Le certificat de mariage pouvait être celui de n'importe qui. Aussi ne prit-elle pas la peine de le consulter. Une photo, en revanche, ne pouvait mentir. Effrayée de ce qu'elle allait découvrir, elle prit les clichés qu'il lui tendait.

La première la montrait, dans un jardin rempli de fleurs, levant un visage rayonnant de bonheur vers l'homme qui se tenait à côté d'elle, son bras passé autour de sa taille.

— Celle-ci a été prise le jour de nos fiançailles, et voici celle de notre mariage.

La deuxième montrait un couple sur le porche d'une église. Vêtue d'une robe de satin blanc, elle était au bras du même homme, qui portait cette fois un élégant costume gris avec un œillet à la boutonnière. Elle ne souriait plus mais l'homme était, sans conteste possible, Jos.

— Ces preuves sont-elles suffisantes ?

Elle ne pouvait nier l'évidence et pourtant, tout au fond d'elle-même, elle éprouvait une sorte de répulsion pour son interlocuteur. Si, un jour, elle l'avait épousé, elle devait l'avoir amèrement regretté par la suite, elle en était certaine.

— Eh bien, Clare ? l'interpella-t-il.

— Elles sont suffisantes, murmura-t-elle.

Se tenant à une certaine distance, le Dr Hauser approuvait de la tête lorsque, soudain, son biper se mit à sonner.

— Veuillez m'excuser, mais je dois vous quitter. Ne vous inquiétez pas, madame Saunders, votre perte de mémoire ne peut être que temporaire.

La porte s'était à peine refermée derrière lui qu'elle s'ouvrait de nouveau sous la poussée de l'infirmière qui revenait, poussant une chaise roulante devant elle.

— J'ai une bonne nouvelle pour vous : dès que vous serez habillée, vous pourrez rentrer chez vous.

Elle se dirigea vers une sorte de placard, qu'elle ouvrit pour en extraire une pile de vêtements.

— Voici ce que vous portiez à votre arrivée ici. Dois-je vous aider ou préférez-vous que votre mari s'en charge ?

Jos l'interrogea du regard.

— Euh non, merci, je... je n'ai besoin de l'aide de personne.

Jos se leva aussitôt.

— Je vais attendre dehors, proposa-t-il.

L'infirmière aida la jeune femme à délacer les attaches du dos de la chemise.

— Vous ne vous souvenez vraiment pas de lui ? demanda-t-elle, curieuse.

Clare secoua la tête.

— Il me semble que jamais je ne pourrais oublier un homme tel que lui, soupira l'infirmière. Il est terriblement séduisant.

Clare haussa les épaules et se mit en devoir d'enfiler les vêtements supposés être les siens. Elle ne les reconnaissait pas. Les sous-vêtements étaient de bon goût, le tailleur bien coupé ; mais le tout ne devait pas coûter très cher. Beaucoup moins cher, en tout cas, que le costume que portait son soi-disant mari qui, lui, sortait visiblement tout droit de chez un grand couturier.

L'infirmière se faisait volubile.

— Je dois dire que je vous envie. Votre aventure est si rocambolesque ! C'est comme si vous deviez tout recommencer de zéro. Je ne doute pas une seconde que vous retombiez amoureuse de cet homme-là une fois encore.

Clare aurait payé cher pour voir les choses d'une manière aussi romantique. Prise en sandwich entre un futur en compagnie d'un homme qu'elle ne reconnaissait pas et un passé qui ne lui appartenait plus, elle n'éprouvait en réalité que peur et appréhension.

Habillée et chaussée, elle n'eut bientôt plus aucun prétexte pour demeurer dans cette chambre sordide. Elle fit quelques pas, et fut heureuse que l'infirmière ait pensé à lui fournir une chaise roulante. Elle n'était pas encore prête à faire un cent mètres...

Nonchalamment appuyé contre le mur, Jos l'attendait dans le couloir désert. Ayant obtenu ce qu'il voulait, il faisait désormais montre d'une grande patience.

Il était vraiment très grand, observa-t-elle : un mètre quatre-vingt-dix environ. Et il possédait de larges épaules et une taille fine. C'était incontestablement un homme imposant, et il dégageait un charme indéniable. Dès leur sortie dans le couloir, il s'avança vers elle d'une démarche souple et élégante.

— Dois-je vous accompagner jusqu'à la voiture? suggéra l'infirmière.

Clare, anxieuse de retarder le plus possible le moment où elle se retrouverait seule avec Jos, allait répondre par l'affirmative, mais ce dernier fut plus rapide.

— Ne vous donnez pas cette peine. Je pense être tout à fait capable de pousser cette chaise roulante.

Le sourire accompagnant ses paroles était si enjôleur que l'infirmière battit des paupières et porta la main à sa poitrine. Elle aurait sans doute payé cher pour être dans la chaise roulante à la place de Clare...

L'ascenseur arriva et, au grand dam de Clare, Jos et elle se retrouvèrent seuls dans la cabine. Fort heureusement, elle s'arrêta à l'étage suivant et un infirmier poussant un chariot se joignit à eux. Le Dr Hauser avait raison; une grande activité régnait à l'entrée des urgences. A la réception, une femme surmenée tentait de canaliser une file de blessés qui semblait s'allonger à chaque seconde. Une éphéméride sur son bureau indiquait que l'on était au mois de juin.

— Es-tu capable de marcher, ou dois-je te porter? s'enquit Jos alors qu'ils arrivaient devant la grande porte.

La seule pensée qu'il pût la toucher fit jaillir Clare de la chaise roulante.

— Je peux marcher! J'ai perdu la mémoire, pas l'usage de mes membres.

Hélas, comme pour la faire mentir, dès qu'elle fut sur ses pieds, ses jambes se dérobèrent sous elle et Jos se précipita, entourant fermement sa taille de son bras pour la soutenir.

A peine eut-elle recouvré son équilibre qu'elle le repoussa et marcha vaillamment, prenant bien soin de toujours laisser une certaine distance entre eux. Le visage fermé, Jos ne fit plus aucune tentative pour se rapprocher d'elle.

Clare réussit à avancer la tête haute et le dos bien droit, mais ses jambes tremblaient et le simple fait de mettre un pied devant l'autre lui coûtait un effort surhumain.

Par bonheur, la voiture de Jos était garée tout près, sur l'emplacement réservé aux médecins. Gris métallisé, luxueuse, elle avait dû coûter une fortune.

Clare était en sueur et la tête lui tournait. Elle dut s'appuyer un instant contre le véhicule.

— Petite entêtée! lâcha Jos en lui ouvrant la portière et en l'aidant à prendre place sur le siège du passager.

Il se pencha pour boucler sa ceinture de sécurité.

— As-tu mangé quelque chose?

Assise, Clare se sentait déjà beaucoup mieux.

— Non. Je n'avais pas faim, répondit-elle.

— Pas étonnant que tu aies cette mine cadavérique!

Il mit le moteur en marche et se dirigea vers la sortie, s'arrêtant pour laisser passer une ambulance qui arrivait toutes sirènes hurlantes. L'horloge, sur le tableau de bord, indiquait 2 h 30 du matin. A part quelques taxis jaunes en maraude, les rues de New York étaient quasiment désertes.

Au-dessus des lampadaires et des devantures de magasins violemment éclairées, les tours et les immeubles de métal et de verre dressaient leurs masses sombres vers le ciel.

Ce monde lui était totalement étranger.

— Vous... vous paraissez...

Elle ne pouvait se résoudre à le tutoyer.

— ... en colère contre moi, comme si tout ce qui est arrivé est ma faute.

— La journée a été rude, croyez-moi ! Vous aviez disparu. J'étais fou d'inquiétude.

Il la vouvoyait à son tour. Des barrières s'érigeaient entre eux, apparemment insurmontables.

— Et puis, j'ai tout d'abord eu du mal à croire à cette perte de mémoire, je dois bien l'avouer !

— Vous pensiez que je jouais la comédie ? s'exclama-t-elle, interloquée. Mais pourquoi diable ferais-je une chose comme ça ?

— Sait-on jamais de quoi une femme est capable !

Il semblait ne pas avoir une très haute opinion des femmes en général, et d'elle en particulier.

— Mais je devais bien avoir une raison...

Il hésita.

— Inutile de ressasser le passé, puisque vous l'avez oublié.

— Je veux savoir !

— Nous nous sommes querellés. J'ai dû me rendre à un rendez-vous d'affaires. A mon retour, vous aviez quitté la maison.

Clare baissa les yeux sur ses mains. Il poursuivit :

— Vous étiez partie en laissant votre alliance et votre bague de fiançailles.

Il ne s'agissait donc pas d'une petite dispute passagère, mais de quelque chose de plus définitif. La jeune femme tenta désespérément de faire appel à ses souvenirs. En vain.

— Quel était l'objet de notre querelle ?

L'espace d'une seconde, il pâlit. Puis, comme le feu passait au vert, il enclencha nerveusement une vitesse.

— Comme il arrive souvent dans les querelles de couple, le motif de départ était stupide, puis il y eut une sorte d'escalade...

Il n'avait pas répondu à sa question. Il enchaîna aussitôt :

— Pourquoi remuer le couteau dans la plaie ? Dès que la mémoire vous reviendra, vous pourrez juger par vous-même combien tout cela avait peu d'importance. Maintenant, je suggère que vous vous détendiez un peu. Laissez vos souvenirs revenir par eux-mêmes, et cessez de vous poser trop de questions.

Surtout celles auxquelles il ne souhaitait pas répondre !

— Mais il y a tant de choses dont je ne me souviens plus, fit-elle valoir. Le lieu où je... où nous habitons, par exemple.

— Nous habitons dans East Side.

Un quartier chic. Cela allait avec son apparente richesse, ses bonnes manières, son accent...

Son accent ! Il avait une pointe d'accent anglais, lui aussi !

— Vous n'êtes pas américain !

— Non. Je suis né en Grande-Bretagne.

— Depuis combien de temps vivez-vous aux Etats-Unis ?

— Depuis l'âge de vingt et un ans.

— Et quel âge avez-vous ?

— Trente ans.

— Votre famille vit-elle toujours en Angleterre ?

— Je n'ai plus de famille, répliqua-t-il d'une voix glaciale.

De toute évidence, les questions de Clare l'indisposaient. Désireuse cependant de mieux connaître cet étranger avec lequel elle était supposée être mariée, elle poursuivit :

— Où nous sommes-nous rencontrés ?

Il ralentit et, tournant le volant, fit pénétrer la voiture dans la cour pavée d'un vaste et élégant immeuble.

— Etait-ce en Angleterre ?

— Je pensais avoir été clair. Vous devez impérativement vous reposer. Cessez de me harceler avec vos questions !

— Mais je...

Il posa un doigt sur ses lèvres.

— Nous voici arrivés.

Le contact de son doigt sur sa bouche la fit frissonner. Conscient de la réaction qu'il venait de provoquer en elle, il fit alors courir son doigt sur ses lèvres, transformant ce qui n'avait été qu'un simple contact en une caresse voluptueuse.

Une onde de chaleur envahit Clare, tandis que son cœur se mettait à battre follement dans sa poitrine. La violence de ce qu'elle éprouvait la terrifia. Un sourire sardonique fleurit sur les lèvres de son compagnon.

Alors qu'il contournait la voiture pour venir lui ouvrir la portière, un gardien en uniforme surgit brusquement à son côté.

— Monsieur et madame Saunders ! Bonsoir. Voulez-vous que je gare la voiture ?

— S'il vous plaît, Bill.

Jos lui tendit les clés et aida Clare à descendre du véhicule. L'enlaçant fermement, il l'aida à marcher jusqu'à l'entrée de l'immeuble. Là, se servant d'une carte magnétique, il ouvrit la porte.

Ils se retrouvèrent dans un vaste hall de marbre brillamment éclairé, et se dirigèrent vers une rangée d'ascenseurs. Jos sortit une clé de sa poche et, une seconde plus tard, ils pénétraient dans un ascenseur privé — celui qui montait directement jusqu'au sommet de l'immeuble et desservait la maison construite sur le toit.

— Vous habitez le penthouse !

La phrase avait jailli, spontanée. Jos se retourna et dévisagea Clare avec intensité.

— La mémoire vous revient ?

L'ascenseur montait à grande vitesse. Clare porta ses mains à ses tempes, essayant de toutes ses forces de retrouver le souvenir fugace. Mais c'était comme tenter de retrouver une ombre parmi d'autres ombres.

— Non, hélas ! murmura-t-elle enfin.

L'ascenseur arrivait au terme de sa course. La porte coulissa et, glissant son bras sous le sien, Jos guida sa compagne à travers un hall garni d'épais tapis jusqu'à un vaste salon. La pièce était située en angle. Deux de ses murs composaient une vaste baie vitrée, qui s'ouvrait sur une immense terrasse et un jardin aménagé sur le toit de l'immeuble. Clare pouvait apercevoir les arbres et entendre le bruit d'une fontaine.

Elle sentit un brusque sentiment d'angoisse l'oppresser.

— Je... je pense que j'ai peur du vide, balbutia-t-elle.

— Alors, il ne fallait pas épouser quelqu'un qui vivait dans un penthouse !

A l'évidence, elle l'importunait. Leurs relations n'étaient pas amicales. Elle ignorait pourquoi cet homme l'avait épousée — mais ce n'était certainement pas par amour. Intuitivement, elle sut qu'il avait quelque chose à lui faire payer.

— Pourquoi me haïssez-vous ? demanda-t-elle d'une toute petite voix.

La question avait surgi sans qu'elle ait pu la retenir. Jos sursauta.

— Cette question est ridicule ! Qu'est-ce qui vous fait penser que je vous hais ?

Le ton était froid, presque glacial.

— Je ne sais pas. Disons que c'est... une intuition. Vous ne m'aimez pas !

Il s'avança vers elle. D'instinct, elle recula ; mais une poigne d'acier s'abattit sur son bras, et il l'attira contre lui. Ils étaient corps contre corps, leurs souffles se mêlaient ; l'odeur subtilement épicée de son eau de toilette enivra Clare.

— L'amour est un sentiment si insipide ! Il n'a effectivement rien à voir avec ce que j'éprouve pour vous...

— Qu'éprouvez-vous pour moi ?

Avant même qu'elle ait pu esquisser le moindre mouvement de défense, il s'empara de ses lèvres. D'abord léger, le baiser se fit bientôt plus profond, plus sauvage, plus agressif. Il l'embrassait comme s'il voulait se venger, la punir de quelque chose.

Clare le laissait faire, terriblement vulnérable, totalement à sa merci, consciente que s'il desserrait son étreinte, elle tomberait sur le sol comme une poupée de chiffons.

Lorsque enfin il libéra sa bouche, elle tremblait de tous ses membres et cherchait désespérément sa respiration. Il plongea son regard au fond des yeux violets et déclara :

— La prochaine fois, réfléchissez-y à deux fois avant de me provoquer.

— Mais je ne cherchais pas à vous provoquer ! protesta-t-elle, indignée.

Poussant un grognement de rage, il la repoussa loin de lui. Privée de son soutien, elle vacilla, et serait tombée s'il ne l'avait retenue. La seconde suivante, il l'emportait dans ses bras vers ce qui était de toute évidence la chambre principale.

— Que faites-vous ? s'écria-t-elle.

— Je vous mets au lit.

— Non !

Son visage venait de perdre d'un seul coup le peu de couleurs qui lui restait encore.

— Laissez-vous faire, je vous en prie ! ordonna-t-il. Il est plus qu'évident que vous n'êtes pas remise du choc que vous avez subi. Le meilleur endroit où je puisse vous conduire est un lit. Vous devez vous reposer. Mais n'ayez crainte, pour cette nuit, je dormirai dans la chambre d'amis.

Clare poussa un soupir de soulagement. Jos se dirigea vers une commode et, dans un tiroir, prit une chemise de nuit de satin bleu et le déshabillé assorti.

— Désirez-vous que je vous aide ?

— Non !

— Comme vous voudrez. Je reviens dans dix minutes.

Clare mobilisa toutes les forces qui lui restaient encore et s'enferma dans la salle de bains. Elle ôta ses vêtements, les jeta dans la panière à linge et confia son corps meurtri au jet d'eau apaisant de la douche. Dieu que cela faisait du bien ! Puis, lavée et séchée, elle brossa longuement ses cheveux.

Elle était confortablement allongée dans le lit, la couette remontée jusqu'au menton, lorsque Jos fit de nouveau irruption dans la chambre, une tasse de chocolat fumante à la main.

— Tenez, buvez ceci, ordonna-t-il. Vous en avez besoin !

Elle obéit sans broncher. Lorsqu'elle eut terminé, il lui prit la tasse des mains et la posa sur la table de nuit. Puis il se pencha et arrangea les oreillers sous sa tête. Comme son souffle caressait sa joue, elle eut un mouvement de recul.

— De quoi avez-vous donc si peur ? demanda-t-il. Ne suis-je pas votre mari ?

Peut-être l'était-il, mais elle ne s'en souvenait pas. Pour elle, cet homme était un parfait étranger. Un étranger au charme indubitable, qui exerçait sur elle un pouvoir diabolique...

Lorsque, quelques instants plus tôt, il l'avait tenue dans ses bras, une vague de désir avait déferlé en elle, dévastatrice. Et, bien que ses motivations eussent clairement été de la punir, elle avait senti le même désir chez son partenaire. Quelles que fussent les tensions qui régnaient entre eux, leur relation était indubitablement placée sous le signe de la passion...

2.

Lentement, l'esprit de Clare reprenait contact avec la réalité. Allongée sur le dos, les yeux fermés, elle appréciait la tiédeur du lit et son moelleux.

Jos. Son mari.

Tout à coup, la jeune femme sursauta violemment tandis que son cœur s'accélérait. Elle le revoyait venant la chercher à l'hôpital, la ramenant à la maison, dévorant sa bouche d'un baiser brûlant. Elle avait failli s'évanouir tant l'émotion qui l'avait alors submergée était grande...

Pourquoi avait-elle quitté le domicile conjugal en laissant sa bague de fiançailles et son alliance derrière elle ? Avait-elle fait cela seulement dans un accès de colère, comme il l'avait laissé entendre, ou ce départ avait-il été plus réfléchi ?

Si elle avait eu l'intention de le quitter, elle aurait emporté une valise, un sac à main, de l'argent... Clare tentait désespérément de rassembler ses souvenirs, mais ceux-ci ne remontaient pas plus loin que son réveil sur le lit d'hôpital.

Poussant un soupir, elle ouvrit les yeux et retint un cri. Jos se tenait assis sur une chaise, à côté du lit, ses yeux verts fixés sur elle. Il avait l'air inquiet.

Bien qu'il fût rasé de près, ses cheveux noirs étaient en désordre. Il portait un pantalon et un T-shirt de coton ;

même en tenue décontractée, il était des plus séduisants, se dit-elle, le cœur en émoi.

Instinctivement, elle remonta la couette jusqu'à son menton.

— Depuis combien de temps êtes-vous là ? s'enquit-elle.

Un sourire détendit le visage de Jos.

— Depuis le début de l'après-midi.

— Pourquoi ne m'avez-vous pas réveillée ?

Il quitta la chaise, se dirigea vers la fenêtre et ouvrit les rideaux. Le soleil pénétra à flots dans la chambre.

— Je pensais qu'en ne brusquant pas les choses, en vous laissant vous réveiller par vous-même, peut-être alors votre mémoire...

— Non, hélas, elle n'est pas revenue. Je ne me souviens de rien, sinon de m'être réveillée sur un lit d'hôpital.

Il s'approcha d'elle, se pencha sur elle, lui prit le menton et regarda le bleu sur sa tempe. Soumise à son examen attentif, Clare sentit sa gorge et sa bouche se dessécher. Dans un geste instinctf, elle passa sa langue sur ses lèvres pour les humidifier. Une lueur s'alluma au fond des yeux verts, et elle se figea ; il allait l'embrasser !

Elle fut choquée de constater qu'elle désirait ce baiser de tout son être, et tenta de se ressaisir, mais sa réaction n'avait pas échappé à Jos. Il lui adressa un sourire de connivence, avant d'appuyer sur le bouton de la sonnette qui se trouvait à la tête du lit.

— Vous affirmez ne vous souvenir de rien, mais il semble que ce ne soit pas tout à fait exact...

Clare frémit. Son corps avait-il des souvenirs que son esprit cherchait à occulter ? Pour faire diversion, elle déclara :

— Je pense avoir conservé la connaissance des choses essentielles comme marcher, lire ou écrire. Je suis encore capable de penser, de réfléchir. Ce sont les souvenirs personnels qui posent problème.

Ceux-ci étaient-ils si sombres que, par pur instinct de conservation, elle avait préféré les effacer à jamais de sa mémoire ? Qu'allait-elle découvrir quand cette dernière lui reviendrait ? Si elle lui revenait un jour...

Un sentiment de panique la submergea.

— J'ai tout oublié de ce qui me concerne. J'ignore quel est mon nom de jeune fille. J'ignore quel âge je peux avoir !

— Votre nom de jeune fille est Berkeley, et vous avez vingt-quatre ans. Vous aurez vingt-cinq ans en septembre prochain.

Après une pause, il ajouta, sarcastique :

— Une Vierge !

Avant qu'elle ait pu répondre, des coups discrets furent frappés à la porte, et un homme parfaitement stylé pénétra dans la pièce, un plateau à la main. Il l'installa sur les genoux de Clare, puis s'inclina devant elle avec déférence.

— Je suis heureux que Madame soit de retour à la maison.

— Merci, euh...

— Roberts, précisa Jos.

Puis s'adressant au domestique, il ajouta :

— Le choc subi par Mme Saunders l'a rendue temporairement amnésique. Nous devons tout faire pour qu'elle récupère ses forces le plus vite possible. Avec elles, la mémoire ne tardera pas à lui revenir.

— Je l'espère vivement, répondit le domestique d'un air grave.

Il ôta le couvercle qui recouvrait une assiette de saumon poché, déplia une serviette de table d'un blanc immaculé et se retira discrètement.

— Hum... un maître d'hôtel plutôt qu'une gouvernante ! lança Clare. Serait-ce que vous n'accordez guère votre confiance aux femmes ?

— Dans un domaine très particulier, je reconnais que la femme est indispensable ; mais je préfère un homme pour diriger la maison.

— Roberts est à votre service depuis longtemps ?

— Depuis que je me suis installé ici.

Désignant son assiette, il ajouta d'une voix impérative :

— Mangez ! Votre saumon va refroidir.

— Vous ne mangez pas, vous ?

— J'ai pris mon déjeuner un peu plus tôt, alors que vous dormiez.

Elle jeta un regard à son poignet. Elle ne portait pas de montre.

— Quelle heure est-il ?

— 16 h 30.

Il lui prit la main, où brillait désormais le solitaire, et demanda :

— Qu'est-il arrivé à votre montre ?

— Je l'ignore. En portais-je une ?

— Elle ne vous quittait jamais.

Il laissa retomber sa main.

— Mangez, sinon Roberts va penser que vous n'aimez pas sa cuisine !

Clare ne se fit pas prier : elle avait une faim de loup, et se jeta littéralement sur la nourriture. Au bout de quelques instants, cependant, elle releva les yeux et rencontra ceux de Jos fixés sur elle ; elle s'arrêta net dans son élan. Il lui sourit.

— Il est tout à fait normal que vous ayez faim, la rassura-t-il. Cela fait maintenant vingt-quatre heures que vous n'avez rien mangé.

Clare lança de nouveau un regard vers son poignet nu.

— Peut-être ai-je laissé ma montre avec mes bagues ? suggéra-t-elle.

— Non. Elle vous a sans doute été volée avec votre sac au moment de l'accident. Celui-ci s'est produit dans un quartier où règne une totale insécurité. Avez-vous une idée de ce que vous faisiez là-bas ?

— Pas la moindre.

Fronçant les sourcils, elle ajouta :

— Pourquoi êtes-vous si certain que je n'ai pas laissé ma montre à la maison ?

— Parce qu'elle avait une grande valeur pour vous. C'était un cadeau de vos parents pour vos vingt ans.

— Mes parents !

Soudain, un immense espoir l'envahit. Elle avait des parents !

— Ils sont morts dans un accident d'avion à Panama, il y a quelques mois.

— Oh...

Le désespoir, de nouveau, la terrassa.

— Vous... vous les connaissiez ?

L'espace d'une seconde, il hésita.

— Très peu.

— Parlez-moi d'eux, je vous en supplie. Cela m'aidera peut-être à retrouver la mémoire. Qui étaient-ils ? Où habitaient-ils ?

Cette fois, il hésita si longtemps qu'elle se demanda s'il ne préférait pas qu'elle ne retrouve pas la mémoire à ce sujet. Puis, comme s'il se jetait à l'eau, le visage fermé et ses yeux verts étrangement froids, il expliqua :

— Votre père s'appelait sir Roger Berkeley, votre mère lady Isobel Berkeley. Lui était diplomate. Ils faisaient tous deux partie de ce que l'on appelle la haute société.

Sa voix laissait transparaître une très grande amertume. Pourquoi ? se demanda-t-elle, le cœur soudain étreint d'une terrible angoisse.

— Vous avez été élevée dans une maison appelée Stratton Place, près de Meredith.

— Meredith ?

— Un village très huppé des environs de Londres. Le lieu de résidence d'un certain nombre de gens fortunés. Vous avez fréquenté un pensionnat renommé jusqu'à l'âge de dix-huit ans, puis une école en Suisse pour parfaire votre éducation.

Pourquoi avait-elle l'impression qu'il en voulait à sa famille pour sa fortune et sa position sociale ? Venait-il, lui-même, d'un milieu défavorisé ? Non, cela ne cadrait pas avec son accent de personne éduquée et ses bonnes manières.

— Vous étiez fille unique et... le résultat d'une erreur.

Choquée par la cruauté de sa remarque, elle se révolta.

— Qu'est-ce qui vous permet de dire cela ?

Il haussa les épaules.

— La personnalité de votre mère et le fait qu'elle se soit débarrassée de vous en vous mettant en pension dès votre plus jeune âge.

Clare éprouva l'impérieux besoin de défendre cette mère dont elle n'avait plus aucun souvenir.

— Mais comment pouvez-vous la juger, alors que vous affirmez ne la connaître que très peu ?

— Ce que je connais d'elle me suffit ! Lorsque votre père a obtenu un poste aux Etats-Unis, elle l'a suivi à New York. Pendant toute la durée de son séjour, elle a défrayé la chronique ; les hommes tournaient autour d'elle comme les abeilles autour d'un pot de miel. Elle a très vite acquis la réputation d'une femme aux mœurs légères.

Il ajouta, la voix chargée de mépris :

— Vous êtes son portrait craché.

Le visage de Clare se vida de son sang et elle se figea. Non, elle ne pouvait être le type de femme qu'il décrivait ! Jos, qui ne la quittait pas des yeux, nota sa réaction, et un sourire d'intense satisfaction fleurit sur ses lèvres. La jeune femme redressa le menton et le défia du regard.

— Je n'ai aucun souvenir de ma mère, mais une chose est certaine : je n'ai rien à voir avec la femme que vous me décrivez.

— Pourtant, vous lui ressemblez physiquement.

— Cela ne signifie pas que j'ai la même personnalité.

Il secoua la tête, dubitatif.

— Vous possédez, hélas, le même type de beauté à damner un saint.

Clare se défendit.

— Je ne sais de quoi vous voulez parler ! Lorsque je me suis réveillée, à l'hôpital, je n'avais aucune idée de ce à quoi je pouvais ressembler. L'infirmière m'a donné un miroir et j'ai pu me rendre compte par moi-même : je ne suis pas belle !

— Vous êtes plus que belle. Vous êtes fascinante, ensorceleuse...

Sa façon de parler laissait entendre qu'il considérait sa beauté comme une tare effroyable. Un frisson de peur la parcourut.

— Je... je ne vous ai pas ensorcelé !

— Oh, si, hélas ! Pour mon plus grand malheur, c'est bien ce que vous avez fait !

Elle ne le crut pas un seul instant.

— Pourquoi m'avez-vous épousée ? demanda-t-elle.

— Pourquoi, à votre avis ?

— Comment le saurais-je ? Si je ressemble — comme vous semblez le dire — à ma mère, si je suis une femme aux mœurs légères, pourquoi m'avoir proposé le mariage ?

Un sourire sardonique déforma ses lèvres.

— Si j'avais voulu avoir avec vous une aventure sans lendemain, rien n'aurait été plus facile, effectivement ! Mais je voulais plus... beaucoup plus.

— Que... que vouliez-vous exactement ?

— Je voulais que vous m'apparteniez corps et âme.

Clare demeura quelques secondes bouche bée. Un long frisson la parcourut.

— Vous ne m'avez donc pas épousée par amour? demanda-t-elle enfin.

Il éclata d'un grand rire sonore.

— Par amour! Qu'est-ce que l'amour, sinon un sentiment tiède et insipide? Non, ma chère, je ne vous ai pas épousée par amour, et vous le saviez.

Elle ne douta pas une seconde que, cette fois, il disait vrai. Mais si elle connaissait la vérité, pourquoi avait-elle accepté de se marier avec lui? Certes, leur attirance physique mutuelle était indéniable. Pourtant, elle ne pouvait se résoudre à croire qu'elle l'avait épousé uniquement par désir.

— De mon côté, je ne me fais aucune illusion sur les raisons qui vous ont poussée à m'épouser, déclara-t-il, comme s'il lisait dans ses pensées.

Clare sursauta. Allait-il lui dire que...

— Je suis un homme très riche, et vous m'avez épousé pour mon argent!

— N'avais-je pas tout ce qu'il me fallait dans ce domaine? s'étonna-t-elle.

— Non. Pour des raisons que j'ignore, à la fin de vos études en Suisse, au lieu de vous installer dans la maison de vos parents, vous avez loué une petite maison dans le village et commencé à travailler chez Ashleigh Kent, un marchand de biens. Un excellent endroit pour chasser les hommes fortunés, il faut bien le reconnaître...

— Vous ai-je dit cela?

— Non, bien entendu. Mais je n'avais nul besoin que vous me le disiez pour comprendre votre tactique. Vos parents vivaient bien au-dessus de leurs moyens, et ne vous ont pratiquement rien laissé à leur mort. Votre choix était le bon. Travailler chez ce marchand de biens vous mettait tous les jours en contact avec une clientèle aisée.

C'est d'ailleurs ainsi que je vous ai rencontrée. J'étais venu à Londres pour acheter une maison.

— J'ai donc entrepris de vous séduire.

— Euh... pas exactement, reconnut-il après une seconde d'hésitation. Bien que vous ayez été indubitablement attirée par moi, votre conduite à mon égard était plus que réservée. La première fois que je vous ai invitée à dîner, vous avez refusé.

— Comment cela se peut-il ?

— J'ai découvert alors que Graham Ashleigh vous faisait la cour. Il possédait une fortune confortable. Vous n'avez cependant pas été longue à comprendre que je représentais un parti beaucoup plus intéressant. Après une semaine d'hésitation, vous avez fini par accepter mon invitation à dîner.

Une semaine ! Ainsi, elle n'avait résisté qu'une semaine à son charme dévastateur. Elle en rougit de honte.

— Assez parlé du passé, dit soudain Jos en se levant. Que diriez-vous d'une promenade dans le parc ? Il fait très beau, et cela vous fera du bien.

Il avait raison.

— Je serais ravie de marcher un peu, admit-elle.

Puis, intimidée, elle ajouta :

— Si vous voulez bien me laisser m'habiller...

Il sourit, visiblement amusé, et quitta la chambre.

Aussitôt, Clare se précipita dans la luxueuse salle de bains. La nourriture ajoutée au repos prolongé lui avaient redonné des forces ; elle se sentait de nouveau pleine d'énergie. Après s'être lavé les dents et avoir pris une douche rapide, elle se dirigea vers la penderie. Ses goûts en matière de vêtements étaient plutôt simples et classiques, constata-t-elle ; cela la rassura. Choisissant une robe de jersey de la couleur de ses yeux, elle n'eut pas l'impression d'endosser le vêtement d'une femme qu'elle ne connaissait pas.

Elle brossa longuement ses cheveux. Coupés à la hauteur de ses épaules, ils bouclaient naturellement et faisaient comme une auréole autour de son visage. Apercevant son reflet dans le miroir, elle fit la grimace. Le bleu sur sa tempe tournait au violet, et n'était pas des plus seyants. Avec un peu de fond de teint, peut-être pourrait-elle l'estomper ?

Dans l'armoire de la salle de bains, elle trouva des crèmes de soin, de la poudre et du rouge à lèvres mais pas de fond de teint. Ne se maquillait-elle pas ? Soudain, elle se figea. Elle venait de découvrir dans le tiroir une tablette de pilules, avec, indiqués, les jours de la semaine où il fallait les prendre. Ainsi, elle était sous contraceptifs ! Mais cela ne voulait pas dire pour autant qu'elle avait adopté la conduite libertine de sa mère, se dit-elle pour se rassurer. Après tout, elle était une femme mariée, même si elle n'avait pas l'impression d'en être une.

Faisant un terrible effort sur elle-même, elle s'efforça de maîtriser son angoisse et, d'un pas ferme, partit à la recherche de Jos.

« J'ai l'impression d'être dans un film ! pensa-t-elle en parcourant les pièces richement meublées. Tout est parfait, trop parfait dans ce penthouse. Je me sens une parfaite étrangère dans cette maison. » Cette pensée l'attrista.

Dans le vaste living-room, les panneaux de verre avaient été repoussés, et Jos se tenait debout sur la terrasse, son regard plongeant sur les arbres de Central Park. Il s'était changé pour un costume léger, dont il portait la veste négligemment jetée sur l'épaule.

Clare était persuadée que l'épais tapis avait étouffé le bruit de ses pas mais, comme s'il possédait un sixième sens, il se retourna brusquement pour lui faire face et lui tendit la main.

Dans un geste spontané, elle y mit la sienne. Il l'attira

alors vers lui, et elle sentit soudain le grand corps viril pressé contre le sien. Fermant les yeux, elle leva son visage et offrit ses lèvres à Jos — mais il ne les prit point. Lorsqu'elle rouvrit les yeux, il s'écarta d'elle.

Son sourire triomphant lui fit mal. Très mal. Comme si elle venait de recevoir une gifle en plein visage, elle libéra violemment sa main et lui tourna le dos.

A quel jeu pervers jouait-il ? Voulait-il lui démontrer le pouvoir qu'il possédait sur elle ? Si tel était le cas, il était terriblement cruel... Clare se fit le serment de mobiliser désormais toutes ses forces pour résister à ce pouvoir.

Jos enfila sa veste et, passant une main autour de sa taille, la conduisit à travers le salon jusqu'à l'ascenseur. Il la dominait d'une bonne tête ; cependant, une fois dans la cabine, elle affronta son regard sans ciller.

— Que se passe-t-il ? demanda-t-il, amusé. Vous avez l'air prête à sortir vos griffes.

— Vous avez l'air, quant à vous, tout à fait convaincu que rien ni personne ne peut vous résister. Mais vous pourriez avoir des surprises...

Il éclata de rire.

— Eh bien, il semble que vous soyez tout à fait remise de votre accident, ma chère !

Un instant plus tard, ils atteignaient le rez-de-chaussée. Le bras passé sous le sien, Jos guida Clare le long de la Cinquième Avenue jusqu'aux grilles du parc. Les allées étaient pleines de promeneurs et de joggeurs courant et soufflant ; c'était une belle journée, et le parc bruissait d'une animation joyeuse. Clare éprouva un immense plaisir à se promener ainsi au bras de Jos.

Lui aussi semblait apprécier la promenade. Il avait synchronisé son pas sur celui de sa compagne, et ils avançaient en silence, comme s'ils avaient peur que les mots rompent le charme de ce moment idyllique. Mais, bientôt les pensées de Clare revinrent à la conversation qu'ils avaient eue plus tôt.

— Nous nous sommes rencontrés chez Ashleigh Kent, n'est-ce pas ? Qu'étiez-vous venu faire là-bas ?

— Je désirais acheter une maison...

Pourquoi acheter une maison en Angleterre alors qu'il vivait et travaillait aux Etats-Unis ?

— ... et c'est vous qui avez été chargée de me la faire visiter.

Soudain, une vision traversa l'esprit de Clare. Un homme grand et mince dans un hall immense. Un homme qui levait son regard vers la balustrade qui courait le long du premier étage...

Elle porta les mains à ses tempes et vacilla. Il s'était passé quelque chose dans cette maison, quelque chose de terrible.

— Clare qu'y a-t-il ? Que se passe-t-il ?

Elle reprit lentement ses esprits ; la vision avait disparu. De nouveau, il ne restait dans son esprit qu'un vide insondable.

— Rien. J'ai cru, un instant, que la mémoire me revenait, mais je me suis trompée.

En vérité, songea-t-elle en frissonnant, elle avait eu si peur qu'elle n'avait pas voulu qu'elle lui revienne !

3.

Clare tremblait si fort qu'elle pouvait à peine tenir debout. Jos la guida vers le banc le plus proche et la fit asseoir. Il s'installa à côté d'elle et prit ses mains dans les siennes. Au bout de quelques minutes, les tremblements cessèrent.

— Merci, murmura-t-elle. Je me sens beaucoup mieux. Nous pouvons marcher de nouveau.

— Certainement pas ! Vous avez assez marché pour la journée. Attendez-moi un instant.

Il avança d'une centaine de mètres en direction de l'allée principale et fit un signe de la main. Un instant plus tard, elle entendit le bruit des sabots d'un cheval et une voiture apparut bientôt, conduite par un cocher en livrée coiffé d'un chapeau à large bord. Cela ressemblait presque à un carrosse de conte de fées.

Clare se tourna vers Jos, les yeux brillants.

— Comment avez-vous fait ? demanda-t-elle. Je n'ai aperçu ni les souris ni la citrouille !

Il lui adressa un sourire et le cœur de la jeune femme se mit à battre la chamade. Lorsqu'il souriait ainsi, les traits de son visage s'adoucissaient, et il était alors doté d'un charme irrésistible.

— Il y a de nombreux attelages comme celui-ci dans Central Park, expliqua-t-il. Le miracle est d'en avoir trouvé un de disponible. J'avais l'intention de vous inviter au restaurant, mais peut-être vous sentez-vous trop fatiguée ?

— Oh non, j'accepte avec plaisir !

L'exclamation lui avait échappé, et elle s'en voulut. Tant qu'elle n'en saurait pas davantage sur ses véritables relations avec Jos, elle devrait apprendre à modérer son enthousiasme !

Le cheval trotta le long des rues et Jos fit le guide, indiquant à sa compagne les choses intéressantes à regarder. Il était près de 19 heures lorsqu'ils atteignirent la Grand Army Plaza, où leur attelage s'arrêta auprès de nombreux autres.

Jos aida Clare à descendre, puis lui montra une grande bâtisse en briques roses aux toits mansardés.

— Voici le Plaza Hotel, annonça-t-il. La cuisine de son restaurant a une excellente réputation. C'est là que j'aimerais vous inviter à dîner.

Elle hocha la tête. Lorsqu'ils pénétrèrent dans l'établissement, le maître d'hôtel se précipita vers eux, salua Jos par son nom et les conduisit à une table dressée pour deux dans un coin intime.

Tandis qu'ils dégustaient un délicieux apéritif maison, Jos prit soin de détendre l'atmosphère, et Clare lui en fut reconnaissante. Elle l'interrogea sur la vie à Manhattan et il se révéla un merveilleux conteur, l'amusant avec mille anecdotes cocasses.

— Un taxi venait juste de me déposer au coin de Madison et de la Cinquième Avenue lorsque j'ai entendu un bruit de pas derrière moi. Je me suis retourné et me suis trouvé face à un individu ivre mort qui s'accrochait à moi. Me croyant en danger, je m'apprêtais à le frapper lorsque j'ai enfin compris ce qu'il voulait : me rendre mon portefeuille, tombé lors de ma descente du taxi.

Clare éclata de rire avant de demander :

— New York est-elle une ville aussi violente qu'on le dit ?

— Les médias exagèrent beaucoup mais, comme toutes les mégapoles d'aujourd'hui, elle n'échappe, hélas, ni à la violence, ni à la misère, ni à la pollution.

La nourriture et le vin étaient excellents, et le service de tout premier ordre. Clare appréciait la soirée et osa l'avouer.

— J'en suis heureux, répondit Jos. J'adore cet endroit et voulais vous le faire connaître.

— Est-ce à dire que nous aimons les mêmes choses ?

Son ton se fit plus sérieux.

— Même s'il nous arrive parfois d'avoir de stimulantes querelles, il est clair que nos esprits sont à l'unisson sur bien des points.

Sa réponse lui fit chaud au cœur. Ainsi, même s'ils ne s'étaient pas mariés par amour, ils n'en partageaient pas moins une certaine harmonie !

— Une chose est certaine, ajouta-t-il : nous aimons tous deux les plaisirs qu'offre la richesse.

Le sarcasme glaça Clare jusqu'aux os. Seigneur, dans l'euphorie de la soirée, elle avait oublié qu'il l'accusait de l'avoir épousé pour sa fortune ! A l'évidence, lui n'avait pas perdu la mémoire.

— Qui n'aime pas être riche ? se défendit-elle. Je pense cependant que l'argent, à lui seul, ne fait pas le bonheur.

— Mais il y contribue grandement. Vous vous êtes laissé acheter, je vous le rappelle.

— Je n'arrive pas à le croire.

— C'est pourtant la vérité !

Cette évocation de sa prétendue cupidité gâcha la fin de la soirée, pour Clare, et après cela, en dépit des efforts de Jos pour alléger l'atmosphère, elle ne parvint plus à se détendre.

Lorsque le café leur fut servi, la jeune femme sentit ses paupières s'alourdir, en dépit de l'heure tardive à laquelle elle s'était levée.

Jos le remarqua aussitôt.

— Fatiguée ? demanda-t-il.

— Un peu.

Il ordonna qu'on lui apporte l'addition.

— Vous sentez-vous capable de marcher jusqu'à la maison ?

— Je crois que oui.

Ils sortirent du restaurant et il lui prit la main pour remonter la Cinquième Avenue. Le cœur de Clare battait la chamade. Marcher ainsi à côté de Jos, main dans la main, par cette belle nuit d'été, avait quelque chose de si romantique qu'elle éprouvait une indicible émotion. Elle aurait voulu que cet instant dure toujours.

Hélas, il fut de courte durée : déjà, ils arrivaient.

Une fois dans le penthouse, Jos fit coulisser les grands panneaux de verre et invita Clare à le suivre sur la terrasse, afin qu'elle puisse admirer la vue de Manhattan illuminé.

Comme ils atteignaient la rambarde, elle s'arrêta, et porta les mains à sa poitrine, terriblement oppressée.

— Que se passe-t-il, Clare ?

— Je... j'ai peur... du vide...

Il tenta de la rassurer.

— Vous ne risquez rien. La rambarde est solide.

— Non ! Non, ne vous appuyez pas !

Elle avait presque hurlé. Des images envahissaient son esprit... Elle voyait une balustrade comme celle-ci. Quelqu'un s'approchait...

— Non !

Elle se couvrit le visage de ses mains. Les images s'évanouirent aussi vite qu'elles étaient apparues.

Jos s'avança vers elle et la prit dans ses bras.

— N'ayez pas peur, tout va bien.

Il la berça comme une enfant jusqu'à ce qu'elle fût apaisée, puis, lui désignant une balancelle aux luxueux coussins fleuris, il proposa :

— Allons nous assoir.

Mais Clare frissonna. Elle ne passerait pas une minute de plus sur cette terrasse face au vide ! Elle se dégagea de son étreinte.

— Non, je préfère aller me coucher. Bonne nuit, Jos.

Elle allait partir quand il la retint par la main.

— Pour votre amnésie... Il y a une thérapie que nous n'avons pas encore essayée.

— Laquelle ?

— Celle qui vous aidera à vous souvenir de comment c'était entre nous.

Clare se figea instantanément et toute couleur disparut de son visage. Dieu du ciel, il n'allait pas...

Percevant sa réaction, Jos s'empressa d'ajouter :

— Ce n'est pas le bon moment pour commencer cette thérapie. Vous êtes épuisée. Mais sachez que je ferai tout pour que vous retrouviez la mémoire dans ce domaine.

Il l'attira de nouveau contre lui. Son visage n'était qu'à quelques centimètres du sien ; sa bouche frôlait la sienne. Une onde de chaleur parcourut le corps de la jeune femme. D'instinct, elle se savait d'une nature plutôt froide, parfaitement capable de garder le contrôle d'elle-même en toutes circonstances... sauf lorsqu'il la prenait dans ses bras. Son corps alors ne répondait plus aux injonctions de son cerveau. Elle n'était plus qu'une marionnette dont il pouvait à sa guise tirer les ficelles. C'était effrayant !

Quand la bouche de Jos s'empara de la sienne, elle se liquéfia. Le dernier baiser avait été exigeant, possessif, dominateur ; celui-ci était d'une autre facture. Il cherchait à éveiller en elle le volcan qui y sommeillait. Il n'exigeait pas : il proposait. Avec une grande expérience, il savait trouver mille façons de provoquer en elle une réponse.

Lorsque sa langue se fraya un passage pour explorer sa bouche, elle s'ouvrit à lui comme une fleur.

Il dégrafa alors le devant de sa robe, et sa main s'arrondit autour d'un de ses seins. Elle n'était plus capable de lui opposer la moindre résistance, et lorsqu'il prit entre ses doigts le mamelon tendu, elle tressaillit et poussa un gémissement de plaisir. La sensation était délicieuse, et des torrents de feu coulaient dans ses veines. Elle n'était plus que désir.

Elle se laissait emporter, voguant sur un océan de délices, lorsque, du fond de sa conscience, une sonnette d'alarme retentit soudain. Elle avait perdu la mémoire, mais pas son instinct de conservation. Et celui-ci l'avertissait qu'elle devait se protéger de cet homme. Certes, il était son mari, mais elle ne devait pas partager son lit avant de comprendre quelle était cette menace qui pesait sur elle.

Rassemblant les forces qui lui restaient encore, elle le repoussa et affronta ses yeux couleur vert océan. L'étonnement qu'elle lut au fond de ces yeux-là lui procura un immense plaisir. Il l'avait cru à sa merci et découvrait qu'elle pouvait encore lui opposer une résistance ! Voilà qui le rendrait moins arrogant.

— Je crains fort que votre thérapie soit totalement inefficace, dit-elle en remettant de l'ordre dans sa toilette et en reboutonnant sa robe.

— Hum, je n'en suis pas aussi certain... Encore quelques minutes de traitement et...

— Non !

Il haussa les épaules, fataliste.

— Très bien. C'est vous qui décidez. Nous verrons comment les choses évolueront demain.

Il ne la forçait pas et acceptait sa défaite... momentanée. Elle en fut soulagée.

— Souvenez-vous que vous êtes ma femme, Clare, ajouta-t-il cependant. Je n'accepterai pas de dormir tous les soirs dans la chambre d'amis.

Son ton contenait une sorte de menace. La jeune femme comprit qu'elle ne pourrait longtemps abuser de sa patience. Mais pourquoi avait-elle donc si peur de lui ? Qu'avait-elle découvert qui l'avait fait quitter la maison et partir à l'aventure dans les rues de New York, laissant sa bague de fiançailles et son alliance derrière elle ? Elle aurait payé cher pour que les souvenirs lui reviennent.

— Vous m'avez dit être venu en Angleterre pour acheter une maison. C'est alors qu'a eu lieu notre rencontre, n'est-ce pas ? Quand était-ce ?

— Il y a quelques mois à peine.

Ainsi, leur mariage remontait à très peu de temps...

Il était étrange de penser qu'elle ait pu oublier les nuits passées en sa compagnie. Mais son imagination compensait son manque de souvenirs. Elle pouvait parfaitement imaginer son corps nu contre le sien, ses mains glissant sur son corps...

Le feu aux joues, elle détourna son regard.

— Quelque chose vous perturbe ? demanda-t-il, ironique, comme s'il devinait ses pensées.

Se composant un visage de marbre, elle rétorqua :

— Je me demandais simplement depuis combien de temps nous étions mariés.

— Deux jours.

— Deux jours ! Mais alors nous sommes...

— En pleine lune de miel, exactement ! Aussi vous comprendrez aisément que je ne trouve pas le lit de la chambre d'amis à mon goût.

— Où nous sommes-nous mariés ? Ici, à New York ?

— Non. En Angleterre. A Meredith.

Cela expliquait les photos...

Mais s'ils n'étaient mariés que depuis deux jours, cela

signifiait qu'ils n'avaient passé qu'une seule nuit ensemble. Cela expliquait-il... ?

— Avons-nous passé notre nuit de noces dans l'avion ? s'enquit-elle.

— Non. Nous l'avons passée ici.

Clare ne doutait pas une seconde qu'il lui eût fait connaître les sensations les plus extraordinaires, cette nuit-là. Pourtant, le lendemain matin, elle quittait la maison, abandonnant derrière elle sa bague de fiançailles et son alliance. Que s'était-il donç passé ?

— Jos, dites-moi pourquoi je suis partie, je vous en supplie !

Le ton de son époux se durcit.

— Je ne désire pas revenir sur cette querelle. Je trouve fort ennuyeux de ressasser indéfiniment ces choses sans importance.

Sans importance ! Il mentait. Son attitude crispée témoignait, au contraire, de la gravité de ce qui les avait poussés à se quereller ce matin-là. Mais Clare sut d'instinct qu'il était inutile d'insister, qu'il ne lui répondrait pas.

Mais pourquoi ne souhaitait-il pas qu'elle se souvienne ?

Percevant sans doute son anxiété, il se fit plus conciliant.

— Après quelques jours passés à New York, nous avions prévu de faire un voyage. Vous aviez exprimé le désir de visiter les chutes du Niagara et une suite a été retenue au Lakeside International Hotel, au bord du lac Ontario. Que penseriez-vous d'aller y passer la suite de notre lune de miel comme si de rien n'était ?

— Oh non, c'est... c'est impossible.

— Bien entendu, je dormirai sur le canapé du salon jusqu'à ce que vous acceptiez que je partage votre lit.

— Vous voulez dire que... que vous ne m'obligeriez pas à...

— J'aime que les femmes avec qui je fais l'amour soient consentantes.

— Dans ces conditions, je... je veux bien vous accompagner.

— Voilà qui est bien. Demain matin, nous partirons pour Buffalo.

Il s'approcha et prit son visage dans ses mains.

— Je suggère que pendant les quinze jours qui viennent, vous essayez de vous détendre. Peut-être alors la mémoire vous reviendra-t-elle. D'accord?

— D'accord.

Il sourit et effleura ses lèvres d'un baiser.

Plus effrayée encore par sa douceur que par sa dureté, elle se dégagea, et s'enfuit en courant vers la chambre.

Le lendemain matin, ils atterrissaient sur l'aéroport de Buffalo, où les attendait une voiture de location. Pendant toute la durée du trajet relativement court jusqu'au lac Ontario, le temps se montra particulièrement clément. Le ciel était d'un bleu sans nuages, et la chaleur supportable. Ils roulaient les vitres ouvertes, et une brise agréable refroidissait leurs bras chauffés par le soleil.

Clare ouvrait de grands yeux émerveillés en admirant le paysage. Des deux côtés de la route défilaient des milliers de pommiers; les environs du grand lac étaient principalement composés de vergers.

— C'est dommage que nous arrivions en cette saison, commenta Jos. Au printemps, tous les pommiers sont en fleur, et la région est alors une pure merveille.

Comme son nom le laissait supposer, le Lakeside International Hotel se trouvait sur les rives mêmes du lac. Il se tenait au milieu d'un immense jardin bien entretenu, et une allée conduisait à une plage équipée de chaises longues et de parasols.

Le directeur en personne les accueillit et, tandis que Joss signait le registre, un garçon en livrée se chargea de porter les bagages dans leur suite.

Celle-ci se trouvait au rez-de chaussée et possédait une vue magnifique sur le jardin et le lac. La chambre à coucher était vaste, dotée d'un lit à baldaquin, la salle de bains somptueuse proposait baignoire, douche et Jacuzzi, et le salon était joliment décoré et meublé avec goût. Il donnait sur une terrasse qui permettait d'avoir directement accès au jardin et au lac. Dans chaque pièce trônait un bouquet de fleurs fraîchement coupées et, dans le salon, on avait disposé une coupe de fruits et un seau dans lequel rafraîchissait une bouteille de champagne.

De toute évidence, ce type de suite était réservée aux couples venant passer là leur lune de miel. Un sentiment de panique envahit Clare.

— Nous n'allons pas... dormir tous les deux ici, n'est-ce pas ? Vous allez demander une deuxième chambre ?

Le visage de Jos se durcit.

— Certainement pas ! J'ai réservé cette suite pour ma lune de miel, et je ne vais pas demander une deuxième chambre au risque de me couvrir de ridicule ! Comme je vous l'ai promis, je dormirai sur le canapé.

Ce dernier, court et étroit, était fait pour s'asseoir et non pour dormir. Clare se sentit soudain coupable. N'était-elle pas en train de se conduire comme une gamine irresponsable ? Puisqu'ils étaient mari et femme ne devait-elle pas...

Mais non, elle ne pouvait s'y résoudre !

— C'est moi qui dormirai sur le canapé, proposa-t-elle.

— Jamais je ne permettrai une chose pareille.

Eh bien, tant pis pour lui !

⁂

Les jours qui suivirent, Jos se montra un compagnon des plus agréables. Il ne donna pas une seule occasion à la jeune femme de se mettre en colère. Grâce à sa bonne humeur communicative, les jours s'égrenaient trop vite. La nuit, il avait fini par abandonner le canapé pour se confectionner un lit de fortune à même le sol du salon.

Peu à peu se développa entre eux une intimité terriblement menaçante pour le fragile équilibre de Clare. Jos pouvait se montrer d'une incroyable douceur; lorsqu'ils marchaient côte à côte, il lui arrivait souvent de prendre la main de son épouse dans la sienne, ou de passer son bras sous le sien. Quand ils se rendaient à la plage pour se baigner, il proposait spontanément de lui enduire le dos et les jambes de crème solaire. Et lorsqu'ils étaient tous deux allongés sur le sable, il lui arrivait souvent de jouer tendrement avec une boucle de ses cheveux. Par ailleurs, il leur organisait souvent des dîners aux chandelles en tête à tête sur la terrasse.

Tout aurait été parfait s'il n'y avait pas eu le baiser du soir. Bien que celui-ci soit simple et léger, le simple contact de ses lèvres avec les siennes éveillaient en Clare mille sensations exquises et elle devait, soir après soir, lutter pour ne pas s'abandonner dans ses bras. Une sorte de sixième sens — l'instinct du terrible danger qu'elle aurait encouru en s'abandonnant — lui donnait l'énergie nécessaire pour ne pas succomber à la tentation; mais chaque baiser allumait dans ses veines un feu qui la consumait tout entière, et qui l'empêchait ensuite de trouver le sommeil.

D'un commun accord, ils ne parlaient plus du passé ni ne mentionnaient son amnésie. Et si, parfois, une sourde angoisse l'envahissait, Clare la chassait bien vite.

Le temps resta au beau fixe pendant tout le séjour et, à part quelques heures passées sur la plage, ils profitèrent de chaque jour pour explorer la région. Ils visitèrent Oswego sur les bord du lac, Watkins Glen, célèbre pour ses courses automobiles, les Finger Lakes, sorte de profonds canyons, et le vieux Fort Niagara, où des volontaires en uniforme s'efforçaient de faire revivre l'atmosphère du début du XVIIIe siècle.

Jos se révéla un homme cultivé s'intéressant à tout, ce qui faisait de chaque excursion une fête. Le seul incident se produisit le jour de leur visite à la charmante petite ville de Rochester.

Ils passaient devant la vitrine d'un joaillier lorsque Jos retint Clare par la main.

— Il est temps que je vous offre un cadeau de mariage, annonça-t-il, péremptoire.

— Je n'ai nul besoin de cadeau! protesta la jeune femme.

— Vous ne cessez de regarder votre poignet. Votre montre vous manque.

Et, sans plus écouter ses protestations, il la tira par la main à l'intérieur du magasin et demanda qu'on leur présente des montres.

Décelant de riches clients potentiels, le joaillier s'empressa de répondre à la demande en exhibant toute une série de montres en or ornées de diamants, sans doute les plus chères de son magasin. Clare secoua la tête. Le marchand leur présenta alors une autre sélection, moins ostensiblement luxueuse mais tout aussi chère.

L'estomac noué par l'appréhension, Clare secoua de nouveau la tête.

— Non, vraiment, je n'ai nul besoin d'une montre!

Sans montrer le moindre signe d'impatience, Jos répondit :

— On vous a volé la vôtre, chérie, et nous devons la remplacer. Je tiens beaucoup à vous en offrir une.

— Ce n'est pas la peine, je vous assure.

— J'insiste !

Derrière le sourire charmeur se dissimulait une irritation grandissante, qu'elle perçut aussitôt. Il choisit une des montres du présentoir.

— Celle-ci vous ira à ravir.

Elle était effectivement magnifique, mais après l'avoir essayée, Clare l'ôta et la rendit au bijoutier.

— Je vous remercie de vous donner tant de peine, Jos, mais cette splendeur n'est pas pour moi. Mes goûts sont beaucoup plus simples.

— Alors, choisissez-en une qui vous convienne !

Sachant qu'elle ne pouvait pas le provoquer plus avant et le ridiculiser aux yeux du joaillier en quittant la boutique, elle s'approcha d'une vitrine d'exposition et, après quelques secondes, désigna une montre élégante et discrète au bracelet de cuir noir.

— Puis-je voir celle-ci, s'il vous plaît ? demanda-t-elle au joaillier.

Celui-ci obéit, visiblement déçu. La montre coûtait dix fois moins que celles qu'il avait présentées. Clare la prit dans ses mains et la tendit à Jos.

— Voulez-vous m'aider à la mettre à mon poignet, s'il vous plaît ?

L'espace d'un instant, elle crut qu'il allait refuser et insister pour qu'elle prenne une montre plus chère. Mais, les mâchoires serrées, il s'exécuta.

— Voilà qui me va nettement mieux ! s'exclama alors Clare en examinant la montre à son poignet.

Sans un mot, Jos sortit son portefeuille et paya.

— Dois-je la mettre dans une boîte ? demanda le commerçant.

— Non, je la garde, répondit Clare.

Une fois sorti de la boutique, Jos se mit à marcher si rapidement que Clare fut presque obligée de courir pour rester à sa hauteur. Lorsqu'ils parvinrent dans la quiétude d'un parc ombragé, il la saisit par le bras et la plaqua contre un arbre. Elle voulut protester, mais l'expression du visage de son compagnon la retint. Il était de toute évidence fou de rage. Tétanisée par la froideur du regard dardé sur elle, Clare se figea.

Il se pencha vers elle jusqu'à ce que son visage ne soit plus qu'à quelques centimètres du sien et lança :

— Que signifie cette comédie ? A quel jeu jouez-vous donc ? Sachez qu'il est fort dangereux de me provoquer !

4.

Jos la tenait appuyée contre un arbre et Clare tremblait de tout son corps.

— Je voulais..., balbutia-t-elle.

Elle ne put continuer. La main de Jos venait de s'arrondir autour d'un de ses seins.

— Je sais ce que vous vouliez : me ridiculiser !

Il était furieux et cherchait à se venger, à l'humilier à son tour. Clare se défendit :

— Si telle avait été mon intention, je serais sortie de la boutique.

— Pourquoi, alors, avoir choisi cette montre bon marché ? J'ai dû me retenir pour ne pas vous l'arracher des mains et la jeter !

— Il n'est pas trop tard pour le faire. Vous n'aviez nul besoin de m'acheter une montre.

Il jura entre ses dents. Des bruits de pas se rapprochèrent et, du coin de l'œil, Clare vit un couple venir dans leur direction. La main de Jos abandonna sa poitrine et monta jusqu'à son visage. Il l'obligea à lever celui-ci vers lui et, sans attendre, ses lèvres couvrirent les siennes.

Clare perdit alors toute notion d'espace et de temps. Plus rien ne comptait que ce baiser. Tout d'abord agressif, destiné à lui faire mal, à la punir, il se faisait de seconde en seconde plus passionné, voluptueux, exigeant.

La jeune femme y répondait de toute son âme, incapable de résister à la terrible attraction que Jos exerçait sur elle.

Quand enfin, cherchant sa respiration, il libéra sa bouche, elle était dans un tel état de faiblesse que ses jambes la portaient à peine, et qu'elle dut s'appuyer contre l'arbre pour ne pas tomber.

Elle ouvrit ses immenses yeux bleu-violet et rencontra le regard de son mari fixé sur elle. Jos semblait tout aussi stupéfait qu'elle.

Cela ne dura pas. Quelques secondes plus tard, son visage redevenait de marbre.

— Ne recommencez plus jamais ça, Clare !

— D'accord ! A une condition : que vous renonciez à m'acheter des cadeaux aux prix exorbitants.

Il parut sincèrement surpris.

— Pourquoi ces scrupules ?

— Contrairement à ce que vous affirmez, l'argent et le luxe m'importent peu, et ce n'est certainement pas pour eux que je vous ai épousé.

— Oh... ainsi, vous n'aimez pas l'idée de vous être laissé acheter ! Sachez que votre amour du luxe et de l'argent ne me dérange pas. En fait, cela servirait plutôt mon plan.

Son plan ? Mais de quoi parlait-il ? Avant même qu'elle ait pu lui poser la question, il poursuivit :

— Cessons de nous quereller, voulez-vous, et profitons pleinement de ce qui est supposé être notre lune de miel. Vous avez besoin de quiétude pour retrouver la mémoire. Si vous ne voulez pas de cette montre, jetez-la !

— Non, je... je désire la conserver.

— Très bien.

Avec une délicatesse infinie, il repoussa la mèche de cheveux qui retombait sur la joue de la jeune femme.

— Je vous fais la promesse solennelle de ne plus vous acheter de cadeaux coûteux, mais je demande la permission de vous offrir des fleurs ou d'autres petits riens de ce genre, de temps à autre.

— Mais je n'ai rien à vous offrir en échange !

Un sourire gourmand fleurit sur les lèvres de son compagnon.

— Je ne dirais pas cela...

Elle refusa de se laisser entraîner dans cette voie.

— Je ne sais même pas si je possède quelque argent.

— Vous n'en avez nul besoin. Je vous donnerai tout ce dont vous aurez besoin et, dès notre retour à New York, j'ouvrirai un compte à votre nom.

— Mais je ne veux pas dépenser *votre* argent !

— Vous me donnerez des baisers en échange.

— Impossible ! Ce serait comme si vous les achetiez !

Il s'énerva.

— D'accord, ne me donnez pas de baisers, ne me remerciez pas...

Soucieuse de retrouver l'ambiance amicale et décontractée qui régnait entre eux avant l'incident, Clare lança, mutine :

— Finalement, il semblerait que cette fameuse école en Suisse dont vous m'avez parlé n'ait pas délivré une si parfaite éducation que cela !

Il sourit et la prit par la main.

— Venez. Oublions ce qui vient de se passer, et allons prendre un café.

Les jours suivants, Jos mit un point d'honneur à la couvrir de cadeaux aussi peu chers les uns que les autres. Il commença par un énorme ours en peluche.

— Il est tellement laid, dit-il d'un air triste, qu'il cherche désespérément quelqu'un pour l'aimer.

— Je l'aime déjà, affirma Clare en serrant l'ours contre son cœur. Mais il est si encombrant que vous allez le porter vous-même jusqu'à la voiture !

Après cela, il s'en tint aux fleurs et aux chocolats —

mais pas un jour ne passait sans qu'il lui offrît l'un ou l'autre.

Pour le dernier week-end de leur voyage, Jos avait prévu une visite aux chutes du Niagara. Alors que, le samedi matin très tôt, ils prenaient leur petit déjeuner sur la terrasse, il déclara :

— Vous devez prendre quelques affaires pour la nuit.

— Pour la nuit ? répéta-t-elle, interloquée. Mais... mais nous n'allons pas très loin !

— C'est vrai, mais nous changerons tout de même d'hôtel. Lorsque nous avons planifié ce voyage, vous avez exprimé le désir de passer une nuit tout près des chutes. Je n'étais, pour ma part, pas très enthousiaste, les hôtels étant surchargés et extrêmement bruyants à cette époque de l'année ; mais, afin de ne pas vous décevoir, j'ai réservé une chambre au Luna Towers pour cette nuit et la nuit prochaine.

Depuis le début de leur voyage, Clare s'était plongée dans l'étude approfondie des guides touristiques de la région, et elle avait ainsi appris que le Luna Towers possédait la plus belle vue panoramique des chutes du Niagara.

— Oh, merci beaucoup ! s'exclama-t-elle, les yeux brillants d'excitation.

— Hum... vous feriez bien de modérer votre enthousiasme. Je n'ai malheureusement pu réserver qu'une chambre pour deux ! Bien entendu, si cela ne vous convient pas, nous pourrons toujours revenir ici. Je garde la suite.

Le voyage se déroula sans problème. Ils passèrent à l'hôtel déposer leurs affaires puis, ayant été pourvus d'un panier pique-nique, ils abandonnèrent la voiture pour, à pied, se rapprocher des chutes.

Clare avançait, le sourire aux lèvres. A l'hôtel, leur vaste chambre, très confortable, était meublée de lits jumeaux. Ils ne seraient pas obligés de partager le même lit !

— Vous avez l'air heureuse, ou plutôt... soulagée ! remarqua Jos, un soupçon d'ironie dans la voix.

La jeune femme se sentit rougir.

— Je... je suis surprise par la familiarité des écureuils, balbutia-t-elle. Il semble qu'ils n'aient peur de rien !

— Ils se sont habitués aux touristes. Ceux-ci les nourrissent, et les écureuils en profitent.

Comme pour confirmer ses dires, un écureuil se planta devant eux, assis sur son derrière, sa queue empanachée dressée derrière lui, les yeux brillant d'expectative.

— Oh, n'est-il pas adorable ! s'extasia Clare. Seigneur, je n'ai rien à lui donner à manger !

Plongeant sa main dans le panier repas qu'il transportait, Jos en tira un sac de noisettes.

— Tenez, prenez ceci. J'ai demandé à l'hôtel de nous en fournir. Je connais votre amour des animaux : à Meredith, vous ne cessiez de nourrir les canards de l'étang.

Clare s'accroupit devant l'écureuil et lui tendit une noisette, qu'il prit délicatement entre ses petites pattes. Aussitôt, une dizaine d'écureuils les entourèrent, tous aussi peu farouches les uns que les autres. Clare était aux anges. Elle prit grand soin de partager les noisettes aussi équitablement que possible entre tous les membres de la tribu, et s'émerveilla de leurs adorables mimiques. A ce rythme, le paquet de noisettes fut vite vidé. Jos le rangea alors dans sa poche et, alors qu'ils poursuivaient leur chemin vers les chutes, les écureuils se précipitèrent vers d'autres touristes pourvus, eux aussi, de sacs de noisettes.

Clare put entendre la cataracte bien avant de l'apercevoir, et son excitation grandit. Comme ils se rapprochaient, le bruit devint assourdissant et de fines gouttelettes d'eau commencèrent à retomber sur eux. Dans un geste instinctif, Clare se rapprocha de Jos et mit sa main dans la sienne. Elle éprouvait un brusque sentiment de bien-être total. Pour la première fois depuis son réveil à l'hôpital, elle se sentit optimiste quant au futur.

— Alors, demánda Jos, cela valait-il le voyage ?

— Elles sont magnifiques ! répondit Clare, le souffle coupé par la splendeur et la puissance du paysage qu'elle avait devant les yeux.

— Je suggère qu'après le repas nous traversions le Rainbow Bridge pour nous rendre du côté canadien. La vue y est encore plus impressionnante.

Ils s'installèrent sous un arbre, dans un endroit abrité, et dévorèrent à belles dents les sandwichs préparés par l'hôtel à leur intention. Un oiseau ne tarda pas à s'approcher et à se poser non loin d'eux, suivant avec intérêt chacun de leurs gestes.

— Lui aussi a faim ! dit Clare en partageant son sandwich en deux et en lançant des morceaux de pain à ce nouveau compagnon.

Jos ne la quittait pas des yeux.

— Je suis étonné de voir combien vous avez changé en grandissant..., finit-il par énoncer.

Clare le regarda, stupéfaite.

— Vous m'avez connue lorsque j'étais enfant ?

Le visage de Jos se ferma aussitôt, comme s'il en avait trop dit. Après quelques secondes d'hésitation, il répondit :

— Je n'ai nul besoin de vous avoir connue dans le passé pour savoir que vous étiez une vraie peste. Toutes les petites filles le sont et, en règle générale, cela ne s'améliore pas lorsqu'elles grandissent !

— Seigneur, s'exclama Clare, épouvantée, quel incroyable cynisme !

— Je suis tout simplement réaliste. Cependant j'avoue que, parfois, vous m'étonnez.

Il avait l'air sincère. Clare haussa les épaules et lui tendit une bouteille de Coca-Cola.

— Non, merci. Je suis peut-être une des rares personnes à détester cette boisson. Peut-être est-ce parce que je n'ai pas grandi ici.

— Où avez-vous grandi ? En Angleterre ?

— Oui.

— Je ne sais rien de vous, poursuivit Clare. Où êtes-vous né ? Qui étaient vos parents ? A quelle école êtes-vous allé ? Avez-vous des frères et des sœurs ?

— Je pensais que nous étions d'accord pour ne pas parler du passé !

— Il s'agissait du mien. Quel mal y a-t-il à évoquer le vôtre ?

Rencontrant le regard de Jos, Clare vit que toute chaleur l'avait déserté. Curieusement, les yeux verts reflétaient soudain une froideur glaciale. « Son enfance ne doit pas avoir été bien agréable ! » pensa la jeune femme, attristée.

— Mais si vous préférez ne pas en parler..., proposa-t-elle.

Il haussa les épaules, fataliste.

— Il le faudra bien un jour. Alors, pourquoi pas aujourd'hui ?

C'était une bien curieuse façon de présenter les choses !

— Je suis le fils unique de Charles et Rebecca Saunders. Nous habitions à la campagne, non loin de Londres, dans un manoir nommé Foxton Priory. Ce manoir, dans la famille depuis des générations, appartenait à mon grand-père. Lorsque ma grand-mère mourut, le chagrin le poussa à fuir la maison et le pays. Il confia Foxton Priory à mon père et partit explorer le monde. Il connut de multiples aventures ici ou là, avant d'atterrir en Alaska, où il devint actionnaire d'un consortium minier. Mon père, lui, était un homme d'affaires fasciné par la politique. Ma mère, qui ne vivait que pour lui, a consacré chaque seconde de sa vie à la réussite de sa carrière, organisant de brillantes réceptions, assistant à des meetings, s'occupant de multiples œuvres de charité...

Il s'interrompit un instant et un sourire empreint d'amertume naquit sur ses lèvres.

— Si vous n'étiez pas un enfant désiré, moi non plus. Mon père n'avait jamais une minute à me consacrer, et ma mère passait trop de temps à s'occuper de lui pour s'intéresser à moi. Oh, bien entendu, je ne manquais de rien sur le plan matériel. Ils étaient riches et tenaient à le montrer. Ma mère a engagé une nurse pour veiller sur moi, jusqu'au jour où on m'a annoncé que j'allais entrer dans un pensionnat. J'aimais Foxton Priory et cette nouvelle m'a terrifié. Ma gentille nurse a essayé de me rassurer : « Ils ne vont pas le faire, me disait-elle. A sept ans, on est beaucoup trop jeune pour quitter ses parents ! » Elle avait tort...

Sa voix résonnait, dure comme du métal.

— On dit que l'espoir fait vivre. Chaque fois que je revenais à la maison pour les vacances, j'espérais de toutes mes forces qu'ils ne me renverraient pas là-bas, que les choses allaient changer, que ma mère trouverait enfin un peu de temps à m'accorder... Les choses ont effectivement fini par changer, mais pas pour le meilleur. J'ai bientôt découvert avec horreur que la dévotion de ma mère n'avait servi à rien. Le mariage de mes parents s'écroulait. Mon père avait une maîtresse. Un jour, je les ai entendus parler de divorce.

Il laissa échapper un profond soupir.

— Beaucoup d'enfants avaient des parents divorcés, autour de moi, mais jamais je n'avais pensé que cela arriverait dans notre famille. En fait, d'ailleurs, ce n'est pas arrivé : ma mère est morte et, quelque temps plus tard, mon père s'est écrasé contre un arbre avec sa voiture. Les journaux de l'époque ont affirmé qu'il avait bu.

Le cœur de Clare se serra. Le visage de son interlocuteur exprimait tout à la fois la rage et la souffrance.

— La richesse de mes parents n'était qu'apparente. La maison que j'adorais était hypothéquée jusqu'au dernier penny, et il n'y avait plus d'argent pour payer le dernier trimestre au pensionnat. Le notaire m'annonça que mon héritage se révélait bien mince : un lot d'actions d'une mine sans valeur laissée par mon grand-père, décédé l'année précédente en Alaska, et un certain nombre de dettes. J'avais alors treize ans, plus aucun parent et nulle part où aller.

Il gardait les yeux fixés sur elle, comme s'il attendait une réaction de sa part, mais elle sut, d'instinct, qu'il ne supporterait pas qu'elle lui manifestât de la pitié. Elle resta parfaitement immobile, attendant la suite.

— On m'a placé à l'Assistance publique, puis dans une famille. Mes parents adoptifs ont fait de leur mieux pour me dompter, mais je ne cessais de causer des problèmes. J'étais violent, irritable, toujours prêt à me battre. A seize ans, John Kelly, mon père adoptif, m'accusa de lui avoir volé de l'argent dans la poche de sa veste pour aller au cinéma. Ce n'était pas vrai. Cet argent m'avait été donné par Mary, sa femme, en cachette de son mari. Mais lorsqu'il l'interrogea à ce sujet, elle jura que je mentais.

Il n'était pas étonnant que Jos haïsse les femmes, songea Clare. Toutes celles qui avaient croisé sa route semblaient l'avoir trahi.

— Ce n'est que plus tard que je compris qu'elle était trop terrorisée pour l'admettre. John me traita de menteur, de voleur, et me frappa avec sa ceinture de cuir. J'étais devenu grand, fort et musclé. Je me retournai contre lui, l'assommai d'un coup de poing et m'enfuis pour ne plus jamais revenir. Avec le reste de l'argent donné par Mary, je pris un train pour Londres. Je dormis dans la rue, avant de trouver un travail dans un bar et un toit. Toute la journée, je transportais des tonneaux de bière. Avec l'argent que je gagnais, je pus m'inscrire à un cours du soir. J'avais un flair inné pour la Bourse et à vingt ans, sans être riche, j'avais suffisamment d'argent pour vivre à l'aise. Voulant en finir avec le passé, prêt à rembourser les dettes, je pris alors contact avec le notaire. Quelle ne fut pas ma surprise d'apprendre qu'il avait cherché désespérément à me contacter ! Les actions sans valeur laissées par mon grand-père valaient désormais des millions. La mine en Alaska s'était finalement révélée riche en or.

Ainsi, telle était l'origine de sa fortune ! Il poursuivit, du même ton froid et détaché.

— J'ai découvert alors que l'argent appelle l'argent. J'ai acheté une banque en difficulté et en ai fait une banque florissante, après quoi j'ai investi mon argent dans plusieurs affaires internationales. On me compte aujourd'hui parmi les riches de ce monde.

Riche mais meurtri. Tout son argent ne l'avait pas guéri des blessures de l'enfance et de l'adolescence, c'était évident...

— Il est dommage que la mine ne se soit pas révélée rentable plus tôt, observa Clare.

Il secoua la tête.

— Ç'a été une chance, au contraire. Les difficultés m'ont endurci. J'ai appris à me battre pour survivre. J'ai appris la haine. Et j'ai appris que l'argent apporte le pouvoir.

— Mais pas nécessairement le bonheur, murmura Clare, effrayée par tant d'amertume.

— Je peux désormais acheter tout ce que je désire. C'est ainsi que j'ai pu vous acheter, vous !

Elle baissa la tête, blessée jusqu'au plus profond

d'elle-même. Quoi qu'elle pût dire ou faire, son opinion sur elle était bien arrêtée. Seigneur, pourquoi la haïssait-il ainsi ?

Jos se leva et lui tendit la main pour qu'elle se lève à son tour. L'espace d'un instant, elle eut l'impression qu'il regrettait les paroles qu'il venait de prononcer et qu'il allait s'excuser — mais au lieu de cela il lança, brutal :

— Il est temps de continuer.

« L'argent ne fait pas le bonheur, tout comme une alliance ne fait pas une épouse heureuse », pensa-t-elle, attristée. Sans lâcher sa main, Jos l'entraîna vers le Rainbow Bridge.

Cette conversation avait au moins permis à Clare de mieux le connaître. Les épreuves subies dans son enfance avaient forgé un homme dur, implacable, incapable d'aimer et de faire confiance à qui que ce fût. Un homme qui refusait l'idée qu'on pût l'aimer pour lui-même.

Car elle l'aimait, cela ne faisait aucun doute. Il ne s'agissait pas d'une simple attraction physique. Cette photo prise lors de leurs fiançailles le prouvait. L'amour qu'elle éprouvait pour lui se lisait dans ses yeux levés vers lui, dans son sourire lumineux, dans toute son attitude de total abandon.

Elle l'avait épousé par amour et non pour son argent, elle en était désormais certaine. Seulement il n'en avait rien su, et si elle le lui révélait aujourd'hui, il refuserait de la croire. Mais pourquoi ne le lui avait-elle pas avoué alors ?

Sans doute avait-elle compris très vite que cet amour qu'elle éprouvait pour lui n'était pas réciproque. Trop fière pour laisser deviner ses sentiments, elle avait dû calquer son attitude sur la sienne et lui laisser ainsi croire qu'elle n'était intéressée que par sa fortune. Il n'était donc pas étonnant qu'il fût si amer, si diaboliquement cynique...

Ils atteignirent bientôt le pont et, au milieu d'une foule de touristes, ils traversèrent jusqu'à l'autre rive, qui se trouvait en terre canadienne. Jos tendit leurs passeports à la police des frontières, et ils suivirent la foule jusqu'aux magasins de souvenirs.

— Voici ce qu'il nous faut, dit-il en achetant deux imperméables en plastique avec capuchon.

— Vous pensez qu'il va pleuvoir? demanda Clare, levant les yeux vers le ciel d'un bleu immaculé.

— Il vaut mieux se couvrir, je puis vous l'assurer! dit-il avec un large sourire en lui tendant l'un des imperméables.

A peine avaient-ils parcouru une centaine de mètres que Clare comprit combien il avait été avisé. Le chemin était trempé, et l'air rempli de fines gouttelettes de pluie. La plupart des touristes portaient des imperméables ou s'étaient munis de parapluie. Quelques jeunes gens, qui n'avaient pas pris cette précaution, étaient trempés jusqu'aux os, mais cela semblait les amuser beaucoup. L'air résonnait de leurs rires et de leurs exclamations joyeuses.

Clare se tourna vers son compagnon, les yeux brillant d'excitation.

— C'est absolument extraordinaire!

— Oui, n'est-ce pas? Demain, si vous le désirez, nous prendrons le bateau jusqu'à Luna Island, qui possède la vue la plus spectaculaire sur les chutes. Mais je préfère vous prévenir que la traversée est quelque peu mouvementée.

Elle affronta son regard sans ciller.

— Je veux quand même tenter l'expérience.

Il la gratifia d'un sourire approbateur, avant de reprendre :

— Vous devez être fatiguée. Rentrons à l'hôtel. Il vous reste à découvrir les Buffalo Wings.

— Seigneur, qu'est-ce que c'est?
— Vous verrez!

De retour à l'hôtel, ils prirent leur douche et se changèrent chacun à tour de rôle. Clare revêtit une fluide jupe de soie bleu et mauve et un chemisier assorti, et Jos un pantalon en toile et une chemise blanche dont il laissa le col ouvert.

Ils se firent servir le dîner sur leur terrasse, qui dominait les chutes, et commandèrent des Buffalo Wings, ces délicieuses ailes de poulets, spécialité de la région.

La vue était à couper le souffle, et l'air chargé de mille senteurs. Des oiseaux se pourchassaient dans le ciel en piaillant. Sur la table dansait la lueur des bougies. Les yeux de Jos avaient pris une couleur d'or fondu. On ne pouvait rêver scène plus romantique.

Clare n'avait plus qu'un désir : toucher son mari, le caresser, se blottir dans ses bras. Comme s'il lisait dans ses pensées, il prit sa main et la porta à ses lèvres. Un long frisson parcourut la jeune femme. Il tourna alors la main du côté de la paume et, fit courir le bout sa langue le long de la ligne de cœur.

Sous l'impact de cette caresse, les yeux de Clare virèrent au violet profond. Lorsqu'il libéra sa main, elle la retira vivement, comme s'il l'avait brûlée.

Si seulement les choses avaient été différentes! songea-t-elle avec amertume. Dieu du ciel, retrouverait-elle jamais la mémoire? Les jours s'écoulaient, et aucun souvenir ne remontait à la surface. Combien de temps encore cela allait-il durer?

Sans les souvenirs de son passé, Clare se sentait incapable de vivre le présent. Elle éprouvait le besoin instinctif de se protéger d'elle ne savait quel danger. Car si, désormais, elle était certaine d'avoir épousé Jos pour de bonnes raisons, elle était tout aussi certaine que lui l'avait épousée pour de mauvaises raisons.

Elle laissa échapper un profond soupir. Il y avait tant de choses encore qu'elle ne comprenait pas, tant de mots, de sous-entendus que Jos lançait pour la blesser, lui faire mal ! Pourquoi avait-elle souvent l'intuition qu'il la considérait comme une ennemie ? Enfouie au plus profond d'elle-même, elle sentait une peur viscérale, incompréhensible la miner, comme si elle savait que quelque chose de terrible s'était passé entre eux. Quelque chose dont son esprit refusait de se souvenir.

Au bord de la panique, Clare soupira une fois encore.

— J'aimerais penser que vous soupirez de contentement mais, hélas, j'ai peur que ce ne soit pas le cas. Que se passe-t-il, Clare ?

Les mots se précipitèrent hors de ses lèvres sans qu'elle pût les retenir.

— Voici maintenant deux semaines que j'ai eu cet accident et les souvenirs ne me reviennent pas. Plus le temps passe, et moins j'ai de chance de recouvrer la mémoire...

La peur la fit se dresser sur ses pieds.

— Et si jamais je demeurais ainsi ?

Jos se leva à son tour et, faisant le tour de la table, il lui prit le bras avec force.

— C'est une possibilité avec laquelle il va falloir vivre, Clare. Cependant, le Dr Hauser affirme que votre cerveau n'a subi aucune détérioration physique. Aucune, entendez-vous ! Aussi, il n'y a aucune raison pour que vous ne retrouviez pas la mémoire. Il ne faut pas chercher à forcer les choses. Les souvenirs doivent vous revenir naturellement.

— Mais que dois-je faire en attendant ?

— Continuez à vivre comme si...

— Comme si j'étais quelqu'un de normal, alors que je ne le suis pas !

— Ne soyez pas ridicule, Clare !

— Je ne suis pas normale, Jos ! Je ne suis que la moitié de moi-même. Une personne qui n'a pas de passé ne peut avoir de futur. Je suis ici, en voyage de noces, avec un homme que j'ai épousé mais que je ne connais pas !

Il lui sourit.

— Cela, ma chère, peut facilement changer cette nuit...

5.

Clare faillit s'étrangler.

— Non, non, je ne veux pas, je ne peux pas...

Posant un doigt sur ses lèvres, il étouffa sa protestation.

— J'ai montré beaucoup de patience, avouez-le, Clare ! Je n'attendrai pas plus longtemps. Je suis certain que la tension entre nous aurait été moindre si vous m'aviez laissé vous faire l'amour dès le premier soir. Vous avez disposé de tout le temps nécessaire pour vous habituer à l'idée que nous étions mari et femme. Ce soir, je ne dormirai pas par terre.

— Mais je... je ne peux pas ! bredouilla-t-elle de nouveau.

— Pourquoi cette réticence ? Elle n'est pas dans votre tempérament !

Elle rougit jusqu'à la racine des cheveux.

— Vous m'aviez promis d'attendre...

— C'est ce que j'ai fait. Trop longtemps ! En voilà assez. Je suis votre mari et vous devez désormais remplir votre devoir d'épouse. Je suis d'ailleurs tout prêt à penser que vous y trouverez le plus grand plaisir. Ne me refusez pas ce que, dans le passé, vous prodiguiez à d'autres.

— Non, ce n'est pas vrai ! Je refuse de croire que

j'étais le type de femme que vous décrivez. Vous vous trompez !

— Oh non, je ne pense pas me tromper ! N'importe quelle femme dotée de votre beauté ne doit pas manquer d'être sollicitée.

— Cela ne signifie nullement que je répondais à ces sollicitations ! se défendit-elle.

Il rit, sarcastique.

— Ma parole, à vous entendre, on croirait que vous êtes encore vierge ! Il existe peu de femmes au monde encore vierges à vingt-cinq ans, ma chère !

— Surtout quand elles sont mariées !

Jos esquissa une horrible grimace.

— Ainsi, notre mariage n'a pas été consommé ! s'exclama Clare.

— C'est exact.

— Pourquoi ne pas me l'avoir dit ?

— Il était plus simple de vous laisser croire que nous avions franchi le pas.

— Plus simple pour qui ? Pour vous !

— Pour nous deux.

Leur mariage n'avait pas été consommé ! Comment était-ce possible ?

— Combien de temps avons-nous été fiancés ? demanda-t-elle.

— Seulement six semaines.

— Et pendant tout ce temps, nous n'avons pas fait l'amour !

Relevant la tête, elle affronta son regard.

— Pourquoi ?

— Vous avez repoussé mes avances.

Elle haussa les sourcils.

— Tiens, tiens, tiens ! Comment expliquez-vous cette soudaine chasteté de la part de quelqu'un aux mœurs supposées dissolues ?

— Habile stratégie ! Pour partager votre couche, il fallait vous passer la bague au doigt.

Il lui prit la main et montra l'alliance qui ornait son annulaire.

— C'est ce que j'ai fait. J'ai rempli mon contrat. A vous de remplir le vôtre. Ce qui n'est que justice, vous en conviendrez !

Avant même qu'elle ait pu deviner ses intentions, il la souleva et la transporta dans la chambre, pour la déposer sur le lit. Il alluma la lampe de chevet et, se penchant sur elle, immobilisa ses poignets de chaque côté de l'oreiller. Il la dominait, immense et tout-puissant.

— Laissez-moi, je vous en supplie, implora-t-elle.

— Non, je ne vous laisserai pas, car ce n'est pas ce que vous désirez.

Sa bouche n'était plus qu'à quelques centimètres de la sienne.

— Ne vous mentez pas à vous-même, Clare ! Vous me désirez tout autant que je vous désire. Je sens les battements de votre cœur qui résonnent contre ma poitrine. Dans quelques secondes, vous allez me supplier de vous faire l'amour.

— Comme je l'ai fait lors de notre nuit de noces, sans doute !

— Vous ne manquez pas de repartie, mais cela n'est pas pour me déplaire. J'ai horreur des femmes soumises.

— Arrêtez, Jos, par pitié ! Tant que je n'aurai pas recouvré la mémoire, je ne puis me considérer comme votre femme. J'ai besoin de savoir, de comprendre...

— Vous m'avez épousé en toute liberté.

— Mais au cours de notre nuit de noces, je me suis refusée à vous. Pourquoi ?

— Nous nous sommes querellés, c'est tout ! Rassurez-vous, il ne m'est pas soudain poussé des cornes, et je ne me suis pas transformé en satyre...

Il faisait de son mieux pour détendre l'atmosphère, mais Clare ne parvenait pas à se débarrasser de la terrible appréhension qui lui nouait l'estomac.

— Tout ce que je vous demande, c'est d'attendre que je recouvre la mémoire.

— Supposons que vous ne la recouvriez jamais ! Vous êtes une femme passionnée, Clare. Que comptez-vous faire pour satisfaire vos besoins ? Prendre des amants plutôt que partager le lit de votre mari ? Non, ma patience a des limites. Si vous ne me donnez pas ce que je vous demande, je le prendrai de force !

Il se pencha vers elle et couvrit sa bouche de la sienne. Ce n'était pas le baiser violent, possessif qu'elle attendait mais au contraire un baiser léger, empreint de douceur, comme s'il voulait l'apprivoiser. Elle essaya de maintenir ses lèvres serrées l'une contre l'autre, mais c'était comme si sa bouche était dotée d'une volonté propre — la volonté d'accueillir ce baiser, d'en profiter, de le vivre intensément. Absorbée par la sensation qu'elle éprouvait, Clare ne s'aperçut pas qu'il avait libéré ses mains. Elle aurait pu se défendre, le repousser, mais elle ne le fit pas. Elle était totalement à sa merci.

Encouragé par sa passivité, il se mit alors en devoir de dégrafer son soutien-gorge. Lorsqu'il se baissa pour prendre la pointe d'un sein dans sa bouche, incapable de garder le contrôle d'elle-même, Clare gémit de plaisir.

Il la déshabilla alors lentement, comme s'il prenait un plaisir infini à découvrir chaque partie de son corps. Elle le laissait faire, l'esprit anesthésié, immergée dans une délicieuse torpeur.

Quand elle fut entièrement nue, il se leva et recula d'un pas pour mieux l'admirer. Une flamme intense brûlait au fond de ses yeux verts.

Clare était émerveillée. Toute son appréhension, sa timidité, semblaient avoir disparu comme par enchantement. En cet instant, elle appartenait corps et âme à cet homme qui la regardait, fasciné. Lorsqu'il s'assit de nouveau sur le lit auprès d'elle et se pencha pour s'emparer de ses lèvres, elle jeta ses bras autour de son cou. Il eut alors un rire triomphant et, se dégageant de son étreinte, en quelques gestes, il se débarrassa de ses propres vêtements.

Clare sentit un désir brûlant naître au creux de ses reins, une onde de chaleur la parcourir tout entière.

Il s'allongea sur elle, et elle ferma les yeux. Ils étaient bouche contre bouche, souffle contre souffle, chair contre chair. Elle n'eut alors plus aucun doute. Cet homme rude et complexe était fait pour elle. Il était son mari, l'homme qu'elle aimait.

— Oh...

Clare n'avait pu retenir un cri de douleur alors que son partenaire pénétrait au cœur de son intimité. Jos se figea, surpris.

— Non, reste, tout va bien..., murmura-t-elle.

Mais Jos hésitait, soudain intimidé. Alors, avec un instinct vieux comme le monde, Clare cambra ses reins et se mit à onduler des hanches sous lui. Poussant un son inarticulé, Jos se mit à bouger à son tour, d'abord lentement, avec une infinie douceur puis, comme elle réagissait favorablement à chacun de ses mouvements, plus vite, toujours plus vite jusqu'à ce que, soulevés par une vague déferlante, ils atteignent ensemble le rivage de la félicité. Il cria son nom, elle cria le sien, et ils retombèrent épuisés sur le lit, leurs corps enchevêtrés couverts de sueur. Quelques secondes plus tard, ils s'endormaient, épuisés, blottis l'un contre l'autre.

A l'instant même où elle ouvrit les yeux, Clare se souvint de chaque seconde de ce qui s'était passé. Le jour n'était pas encore levé, et un air frais entrait par les portes-fenêtres restées entrouvertes. Euphorique, la jeune femme s'étira voluptueusement. Si elle avait pu deviner que leur relation atteindrait une telle perfection, jamais elle n'aurait attendu si longtemps pour se donner à lui ! pensa-t-elle en se tournant vers l'autre lit jumeau.

Celui-ci était vide.

Un froid qui n'avait rien à voir avec l'air frais de la nuit l'envahit. Elle s'assit sur son lit et aperçut Jos, debout, immobile sur la terrasse. Il lui tournait le dos.

Elle se glissa hors du lit et, passant sa robe de chambre en satin, elle s'empressa de le rejoindre.

Bien qu'il l'eût entendue venir, il ne se retourna pas. Ce n'est que lorsqu'elle posa sa main sur son bras qu'il consentit à tourner la tête vers elle.

Les yeux vert océan se posèrent sur elle comme si elle était une parfaite étrangère.

Le cœur de Clare se serra. Il avait cru qu'elle était une femme expérimentée et avait découvert que tel n'était pas le cas. Sans doute était-il déçu...

— Jos... que se passe-t-il ? Quelque chose ne va pas ? Y a-t-il un problème ?

— Quel problème pourrait-il y avoir ?

— Je... je ne sais pas. Mon manque d'expérience, peut-être... le fait que j'aie été...

— Encore vierge ?

Son ton était si amer qu'elle baissa la tête, mortifiée.

— Je... je te demande pardon.

— Pour l'amour du ciel, tu n'as pas à t'excuser !

— Tu sembles déçu comme si... comme si je n'étais pas la femme que tu attendais que je sois.

— Tu n'es pas en faute. C'est moi le coupable. Tu prenais la pilule et...

— Je sais. J'ai, moi aussi, découvert la plaquette dans l'armoire de la salle de bains. Certaines femmes sont parfois obligées de prendre la pilule pour d'autres raisons que la contraception, tu sais.

— C'est vrai et je n'avais pas le droit de... Parce que tu possèdes la beauté diabolique de ta mère, j'en ai aussitôt déduit que tu avais le même comportement.

Comme chaque fois qu'il mentionnait le nom de sa mère, le ton de sa voix laissait transparaître son mépris. Clare faillit lui demander pourquoi il éprouvait une telle haine pour quelqu'un qu'il ne connaissait que de réputation mais y renonça. Elle avait d'autres préoccupations à l'esprit.

— M'aurais-tu épousée si tu avais su ? demanda-t-elle.

— N'aie aucun doute à ce sujet ! Si la découverte de ta virginité m'a surpris, elle ne remet rien en question. Au contraire. Elle va mieux servir encore mes desseins. Je vais t'enchaîner à moi pour toujours. Je veux que tu m'appartiennes corps et âme...

Ses propos glacèrent la jeune femme jusqu'au plus profond d'elle-même. Jos ne souhaitait pas l'enchaîner à lui par les liens de l'amour, mais par ceux d'une passion débridée. Sans lui laisser le temps de réagir, il la souleva dans ses bras, la porta jusqu'au lit, et il lui fit de nouveau l'amour.

Cette fois, elle ne ressentit aucune douleur mais un déluge de sensations toutes plus délicieuses les unes que les autres, jusqu'à l'extase finale. Il n'avait eu guère de difficultés à la soumettre à sa loi...

Lorsque Clare se réveilla de nouveau, il faisait jour. Le soleil pénétrait à flots dans la chambre, et une caresse délicieuse mettait son corps en émoi. Jos avait repoussé les draps et les couvertures et promenait sa langue sur sa poitrine et sur son ventre nus. Lorsque sa bouche descendit plus bas, elle sursauta.

— Non !

Elle tenta alors de se soustraire à l'audacieuse caresse mais, ses deux mains plaquées sur ses cuisses, il la maintint fermement en place.

La seconde suivante, elle perçut la chaleur de sa bouche couvrant son intimité et elle cessa immédiatement de se débattre. Jamais, dans ses rêves les plus fous, elle n'avait imaginé pareil abandon d'elle-même. Avec Jos, tout devenait naturel. Cette découverte progressive des zones érogènes de son corps l'émerveillait. A sa grande surprise, elle perdait peu à peu sa timidité, et répondait ardemment à ses caresses. Lorsqu'elle s'approcha de l'éblouissement final, il la couvrit de son corps et la pénétra pour qu'ils puissent, ensemble, gravir les sommets qui conduisent à l'extase.

Quelques instants plus tard, ils prirent une douche avant de sortir sur la terrasse pour le petit déjeuner.

— Veux-tu que nous sortions ? demanda Jos à la fin du repas.

Clare affronta son regard.

— Seulement si toi tu le veux.

Sans un mot, Jos se leva alors et, à la poignée de la porte de leur chambre, accrocha la pancarte « Ne pas déranger ».

Jos ne cachait pas sa satisfaction devant la tournure qu'avaient prise les événements. A leur retour au Lakeside International Hotel, il demanda à prolonger leur séjour d'une semaine.

Il se montra un amant plein d'inventions et — remarqua Clare en rougissant — d'un appétit quasi insatiable.

Elle-même, si elle avait manqué quelque peu d'expérience lors de leurs premiers ébats, se découvrait chaque jour plus sensuelle et passionnée. Comment avait-elle pu rester vierge jusqu'à ce jour? se demandait-elle, intriguée. Peut-être avait-elle — inconsciemment — cherché à brider sa nature passionnée pour ne pas ressembler à sa mère?

Quant à Jos, il était clair qu'il la désirait ardemment mais ne l'aimait pas. Parfois même Clare se demandait si — tout en laissant libre cours à cette passion incontestable qu'il éprouvait pour elle — il ne se méprisait pas de se laisser aller ainsi à ce qu'il considérait comme une faiblesse.

Chaque fois que Clare se retrouvait vibrante entre ses bras, elle espérait que les choses allaient changer, qu'un jour elle verrait au fond des yeux verts s'allumer une lueur de tendresse. Hélas, elle n'y découvrait jamais qu'une sorte d'hostilité qui la terrifiait et qu'elle ne parvenait pas à comprendre.

Ils s'efforçaient de ne pas mentionner son amnésie. Cependant, plus le temps passait, plus le besoin de comprendre le curieux comportement de Jos ainsi que la complexité des relations qui s'étaient établies entre eux devenait urgent pour Clare.

La dernière nuit de leur lune de miel, lovée contre lui après l'amour, elle lui dit :

— Jos, il faut que nous parlions!

— De quoi donc?

— De nous. Si seulement je savais ce que tu veux...

— Je pensais avoir été clair à ce sujet!

— Nous faisons l'amour d'une façon idyllique et, pourtant, intuitivement, je sens que tu ressens une sorte d'hostilité à mon égard.

Elle sentit son compagnon se raidir. De toute évidence, elle avait touché une corde sensible.

— Est-ce que chaque homme n'en veut pas un peu à la femme qui l'enchaîne à elle? demanda-t-il.

— Je parle sérieusement, Jos. Je ne te comprends pas.

— Quelle épouse a jamais compris son mari ?

De toute évidence, il se dérobait. Elle ne désarma pas pour autant.

— Il est très important pour moi de savoir ce qui nous a conduits à nous marier, Jos.

— Ton objectif était des plus clairs. J'étais un mari fortuné.

Clare retint sa respiration.

— Et le tien ?

— Je pense m'être déjà exprimé sur ce sujet. Tu es belle. Je te désire. J'ai voulu que tu sois mienne, que tu brûles pour moi d'une passion telle que...

— Les feux de la passion sont faciles à allumer, Jos, mais moins faciles à entretenir. Que reste-t-il quand ils s'éteignent ? Alors que l'amour...

— L'amour n'existe pas !

C'était un cri du cœur.

— Comment peux-tu dire cela, Jos ? plaida Clare, horrifiée. L'amour existe. Il a été chanté par les plus grands poètes et écrivains.

— Il existe peut-être en littérature, mais pas dans la vie. Et puis, peu importe, j'ai appris à m'en passer !

Elle perçut la détresse, la souffrance, dans sa voix. Elle leva la main et la posa avec douceur sur sa joue.

— Jos, je... je ne t'ai jamais dit ce que j'éprouvais pour toi...

— Ne te donne pas cette peine. Ton corps sait parfaitement s'exprimer sur ce sujet. Tu me désires, et c'est tout ce qui m'importe.

Il roula soudain sur le côté et s'allongea sur elle.

— Et surtout, ne t'inquiète pas. Je suis prêt à assurer ton bien-être matériel et à t'offrir le style de vie que tu recherchais en m'épousant.

Le cœur serré, elle demanda :

— Et toi, quel intérêt trouves-tu à ce marché ?

Les mains exigeantes de Jos se mirent à courir sur son corps.

— Je pense que la réponse est évidente !

Dès le lendemain matin, ils prenaient le chemin du retour.

Clare avait plus que jamais peur de l'avenir. A toutes les questions qui la tourmentaient déjà s'en ajoutait désormais une autre : au cours des prochaines journées, qu'allait-elle faire, seule dans l'immense penthouse tenu parfaitement en ordre par Roberts ?

Comme leur avion annonçait son approche de l'aéroport, Jos, qui l'observait depuis un certain temps, demanda, les sourcils froncés :

— Que se passe-t-il, Clare ? Quelque chose te tourmente ?

Tout la tourmentait.

— Euh... non. Pas vraiment, prétendit-elle.

— Ne mens pas, je t'en prie ! Quelque chose t'inquiète et je veux savoir quoi.

Son ton était si autoritaire qu'il était difficile de se dérober. Elle choisit la réponse la plus facile.

— Je me demandais ce que j'allais faire de mes journées. Tu travailles, Roberts s'occupe avec compétence de la maison, et je ne connais personne à New York.

— Tu n'aimes pas l'idée de n'avoir pas à travailler ? s'exclama-t-il, surpris.

— Non. La seule pensée d'être parfaitement inutile m'insupporte.

Un large sourire s'afficha sur le visage de son interlocuteur.

— Je trouve que tu ne te rends pas justice, ma chérie. Ces derniers jours, tu t'es montrée si coopérative, si enthousiaste dans ton rôle d'épouse... Mais si tu préfères les longues files d'attente devant les bureaux d'embauche pour obtenir un travail dont d'autres que toi ont un plus urgent besoin, libre à toi.

Les mots atteignirent leur but : ils lui firent mal. Elle baissa la tête, mortifiée. Mais Jake reprit d'un ton soudain radouci :

— Je n'ai nullement l'intention de te laisser seule des journées entières dans le penthouse, tu sais. Je vais, au contraire, m'organiser pour te faire visiter New York et te faire connaître mes amis.

— Mais ton travail..., balbutia-t-elle.

— Il attendra. Je me suis entouré de collaborateurs de première classe, tout à fait capables de conduire le navire en mon absence.

Comme elle restait silencieuse, il s'enquit :

— Te sens-tu plus rassurée ?

Oui. Non. Elle ne savait plus.

Percevant son hésitation, il ajouta :

— Je devine que tu ne te sens guère à l'aise dans le penthouse. J'ai d'autres projets pour le futur.

— Des... des projets ?

— Des projets géniaux, affirma-t-il en lui prenant la main et en la portant à ses lèvres.

A leur descente d'avion, l'air de New York leur parut irrespirable. La ville baignait dans une chaleur étouffante, les gens avançaient, hagards, sur les trottoirs, et même les taxis semblaient se traîner le long des rues.

Roberts les accueillit dans le penthouse avec une carafe de jus de fruits délicieusement frais. Après leur avoir souhaité la bienvenue, il dit à Jos :

— Andrea Dwyer a appelé plusieurs fois.

— Que voulait-elle ? demanda Jos d'un ton irrité.

— Connaître la date de votre retour, répondit poliment

Roberts. Elle vous demande de lui téléphoner dès votre arrivée.

Jos fit un signe de tête affirmatif. Roberts s'adressa alors à Clare et lui annonça que le dîner serait prêt une demi-heure plus tard.

— Madame préfère-t-elle être servie dans le salon ou sur la terrasse ? demanda-t-il avec déférence.

— Sur la terrasse. Merci, Roberts.

Elle se tourna vers Jos.

— Si cela te convient, bien entendu.

Il lui adressa un sourire.

— Ce sera parfait.

Puis il ajouta :

— Pendant que tu te prépares, j'ai quelques coups de téléphone à passer.

Comme celui à Andrea Dwyer, par exemple...

Clare se morigéna. Comment pouvait-elle être jalouse d'une femme qu'elle ne connaissait pas ?

Jos avait fait porter leurs deux bagages dans la chambre. L'ours en peluche, qu'elle avait refusé d'abandonner, se tenait, d'un air penché et misérable, sur sa valise. Clare le prit dans ses bras, déposa un baiser sur le bouton rose de son nez et l'installa confortablement sur l'un des fauteuils.

La veste de Jos avait glissé du dossier de la chaise sur laquelle il l'avait déposée. La jeune femme se baissa pour la ramasser, et leurs deux passeports glissèrent alors de sa poche.

Celui de Jos s'ouvrit à la page où se trouvait sa photo, et quelque chose attira irrésistiblement le regard de Clare. La photographie lui était indubitablement familière, mais le prénom qui l'accompagnait, lui, ne l'était pas.

Et pourtant si.

Clave.

Le sang lui monta à la tête, des bourdonnements remplirent ses oreilles, elle eut comme un vertige.

Clave.

Du fond de sa mémoire surgissait le prénom de quelqu'un qu'elle avait connu dans son enfance et qui la terrorisait.

6.

Clave. Un garçon un peu plus âgé qu'elle et dont elle ne supportait plus la présence à son côté.

A peine cette pensée avait-elle traversé son esprit qu'elle éprouvait aussitôt un curieux sentiment de culpabilité et de regret. Se laissant tomber sur une chaise, la jeune femme se couvrit le visage de ses mains et tenta désespérément de rappeler à sa mémoire d'autres souvenirs. Mais la porte de sa mémoire, un instant entrouverte, se refermait déjà, la laissant face à un abîme noir et insondable.

Clare dut faire appel à toute sa volonté pour ne pas se laisser aller à une crise de nerfs. Quand elle eut enfin repris le contrôle d'elle-même, elle ramassa les passeports, les rangea dans la poche de la veste, puis se dirigea vers la salle de bains.

Elle venait de regagner la chambre, vêtue d'une robe légère en crêpe de soie bleu marine, lorsque Jos la rejoignit. Evitant soigneusement son regard, la jeune femme se mit en devoir de brosser longuement ses cheveux devant le miroir de sa coiffeuse. Malgré le hâle acquis durant le voyage, sa peau avait pris une teinte cireuse, et ses yeux reflétaient une angoisse qu'elle ne parvenait pas à juguler.

Jos se débarrassa de sa chemise, ouvrit un tiroir afin de

se changer et aperçut l'expression de son épouse dans le miroir. En moins d'une seconde, il fut à son côté. Prenant son menton dans sa main, il l'obligea à lever les yeux vers lui.

— Qu'est-ce qui ne va pas ?

— Ri... rien, tout va bien.

Les souvenirs entrevus étaient trop flous pour qu'elle puisse en parler. Les yeux verts s'assombrirent.

— Tu mens une fois encore ! Tu me caches quelque chose !

Elle tenta de se dégager.

— Non, Jos, je t'assure...

Sa main se fit plus ferme sur son menton et ses mâchoires se crispèrent.

— Je suis prêt à employer la force s'il le faut.

Il ne plaisantait pas. Elle ne pouvait tergiverser plus longtemps.

— Ta veste était tombée de la chaise et, lorsque j'ai voulu la ramasser, nos passeports ont glissé de la poche. Le tien s'est ouvert et...

— Et ?

Son visage s'était figé.

— Je... j'ai vu... un prénom... *Clave.*

— Et alors ?

— Il me semble avoir connu quelqu'un qui se prénommait ainsi dans le passé.

Elle se passa une main tremblante sur le front.

— Mais cela est si flou, si imprécis... Pourquoi ne pas m'avoir dit que ton premier prénom était Clave ?

— Parce que je ne l'utilise plus depuis des années. Il me venait de mon grand-père et me valait les pires quolibets de la part des élèves de l'école. Après m'être battu avec la plupart d'entre eux, j'ai fini par utiliser mon deuxième prénom, *Joseph*, qui, très vite, est devenu Jos.

Décidément, songea Clare, Jos ne conservait que de

mauvais souvenirs de son enfance ! Cependant, elle n'eut pas le temps de lui témoigner sa compassion.

— Bon, nous allons être en retard pour le dîner, grommela-t-il. Tu viens ?

Bien qu'il fît très chaud sur la terrasse, la température était bien plus agréable qu'au niveau de la rue. Un énorme ventilateur leur envoyait un peu d'air, les clapotis de la fontaine ajoutaient une note supplémentaire de fraîcheur.

Clare leva les yeux et rencontra le regard de Jos fixé sur elle. Ses yeux la fascinaient. Elle se demanda s'il en avait toujours été ainsi, si elle était tombée amoureuse de lui dès le premier regard.

En fait, Jos avait mentionné son attitude lors de leur première rencontre. Une froide réserve. Sans doute avait-elle cherché à se protéger de la terrible attraction qu'il exerçait sur elle ? Hélas, malgré cette première résistance, elle n'avait pas été longue à se faire prendre dans ses filets.

Se faire prendre dans ses filets. Pourquoi cette image lui était-elle venue à l'esprit ? Un frisson de peur la parcourut. Son inconscient lui envoyait-il des signaux d'alerte ? Et si ce mariage faisait partie d'une stratégie élaborée par Jos pour assouvir elle ne savait quelle vengeance ? Non — pas par *Jos,* mais par *Clave*, ce garçon qu'elle avait connu dans son enfance et qui lui faisait peur.

Pendant tout le dîner, Clare essaya de remettre de l'ordre dans ses pensées, de trouver des réponses aux questions qui la tourmentaient, mais ne réussit qu'à en faire surgir d'autres.

Après leur mariage, avait-elle découvert que Jos se prénommait Clave ? L'avait-elle reconnu comme quelqu'un faisant partie du monde de son enfance ? Etait-ce cette découverte qui avait été la cause de son refus de lui appartenir et de sa fuite, le lendemain matin ?

Alors qu'il remplissait de nouveau son verre de vin, elle demanda *ex abrupto* :

— Est-ce que je savais que tu te prénommais Clave avant de devenir amnésique ?

Les yeux verts se firent glacials.

— Je te l'ai dit, je n'utilise plus ce prénom depuis l'âge de treize ans.

Une fois de plus, il tentait d'esquiver sa question. Elle insista.

— Le seul prénom que je connaissais était donc Jos ?

— Tous nos prénoms ont été annoncés durant la cérémonie de mariage.

Bien sûr ! Mais si elle l'avait reconnu à ce moment-là, il avait été trop tard pour faire quoi que ce soit. Ce qui expliquait son air crispé sur la deuxième photo...

La jeune femme s'apprêtait à poursuivre la conversation sur le sujet lorsque Roberts, annonçant son arrivée par une toux discrète, apparut derrière Jos.

— Je suis désolé de vous déranger, monsieur Saunders, mais Andrea Dwyer est au bout du fil et demande à vous parler. Je lui ai fait savoir que vous étiez à table, mais elle insiste.

Reposant sa serviette d'un air exaspéré, Jos se leva, s'excusa auprès de Clare et ordonna à Roberts :

— Vous pouvez servir le café, je ne serai pas long.

Clare laissa échapper un profond soupir. L'opportunité d'avoir une franche explication était perdue. Elle allait devoir attendre qu'une nouvelle occasion se présente pour connaître enfin la vérité.

Jos revint quelques minutes plus tard et se versa une tasse de café.

— Je viens d'accepter une invitation à une soirée, annonça-t-il.

— Oh...

— Je l'ai fait en nos deux noms. J'espère que cela ne te dérange pas ?

Elle hésita une fraction de seconde.

— Euh... non, bien entendu. Pour quand ?

— Pour ce soir, dès que nous aurons terminé notre café.

Prise de panique, Clare lança :

— Mais je ne peux pas me rendre à une soirée dans cette tenue !

Le regard de Jos explora le visage aux traits harmonieux, la masse de cheveux auburn qui l'encadrait comme une auréole, rencontra les immenses yeux violets qui le fixaient, effrayés, s'attarda un instant sur la bouche bien dessinée, puis glissa sur la robe de jersey fluide qui moulait la mince silhouette de son épouse. Une flamme dansa au fond des yeux vert océan.

— Tous les hommes présents à cette soirée vont m'envier, j'en suis certain !

Les joues de Clare s'embrasèrent sous le compliment.

— Je... je ne suis pas habillée pour me rendre à une soirée ! insista-t-elle.

— Ce que tu portes est parfait. Je ne compte pas, moi-même, me changer.

Il portait un pantalon de toile décontracté et une chemise au col ouvert, mais quelle que fût sa tenue, il avait une élégance naturelle qui attirait sur lui tous les regards. Il possédait une sorte de magnétisme, de confiance en lui inébranlable qui lui donnait une autorité immédiate sur tous ceux qui l'approchaient.

— Je pense que le temps est venu de te présenter à mes amis, énonça-t-il. Je suis heureux de cette opportunité qui m'est donnée de le faire.

Il leur servit à tous deux une deuxième tasse de café.

— Tom Dwyer est banquier. Il habite dans cet immeuble, quelques étages plus bas. Il est tout à la fois un ami et un associé.

— Andrea Dwyer est sa femme ?

— Non. Tom est veuf. Andrea est sa fille.

— Et ta maîtresse !

— Elle l'a été mais ne l'est plus.

— Oh... le sait-elle ?

— Serais-tu jalouse ?

Oui, songea Clare. Jalouse à en mourir.

— Non, répondit-elle tout haut, mais étant donné ses nombreux appels téléphoniques, je me demandais si tu l'avais informée de la rupture.

Ses sarcasmes le laissèrent de marbre.

— Je suis de ceux qui respectent les règles établies. J'avais fait savoir à Andrea, bien avant mon départ pour l'Angleterre, que tout était fini entre nous.

Devant son attitude froide et détachée, Clare ne put s'empêcher d'éprouver un sentiment de pitié pour cette Andrea à qui il avait signifié son congé sans autre forme de procès. L'expression de son visage n'échappa pas à son interlocuteur.

— Entre Andrea et moi, il n'a jamais été question d'engagement. Les choses ont toujours été claires : nous pouvions nous quitter quand bon nous semblerait.

Si les choses avaient été claires pour lui, elles semblaient l'avoir été beaucoup moins pour Andrea...

— Pour qu'il n'y ait pas la moindre ambiguïté, poursuivit Jos, je lui ai téléphoné pour lui annoncer nos fiançailles dès que celles-ci ont été officielles.

— Sans tenir compte des sentiments qu'elle pouvait éprouver ?

— Des sentiments !

Jos éclata d'un grand rire sonore.

— Andrea serait la première surprise de ta remarque, Clare, je puis te l'assurer. Il n'a jamais été question de sentiments entre elle et moi. Je doute d'ailleurs qu'elle soit capable d'en éprouver jamais. Elle n'est pas plus âgée que toi mais a déjà eu deux maris et toute une pléiade d'amants. Autant que je sache, elle n'a jamais montré beaucoup de considération pour aucun d'entre eux. Aussi, verser des larmes sur son sort serait une perte de temps certaine.

— Je n'ai aucune intention de verser des larmes sur le sort de tes ex-maîtresses, rassure-toi. Mais me rendre chez l'une d'elles...

— Nous ne sommes pas invités chez elle mais chez son père.

— Je reste persuadée qu'elle n'appréciera guère ma présence.

— Qu'elle l'apprécie ou non importe peu. Je ne me rendrai pas à cette soirée sans toi.

— Ne chercherais-tu pas à m'utiliser pour te débarrasser d'elle ?

— Que préférerais-tu ? Que je vous voie chacune à votre tour ?

— Tu n'es qu'un monstre !

— Peut-être, mais ne dis plus jamais que je cherche à t'utiliser. Sache que je suis parfaitement capable de me débarrasser d'une femme encombrante sans l'aide de personne. Dans le cas d'Andrea, il est vrai que le problème est un peu plus compliqué. Son père est mon ami, et je ne tiens pas à le blesser.

— Pourquoi avoir fait la cour à sa fille, dans ce cas ?

— Ce n'est pas moi qui lui ai fait des avances mais elle.

— Oh...

— Bien des femmes sont des croqueuses d'hommes, Clare. Ta mère en était une, par exemple.

La jeune femme blêmit sous l'accusation. Jos avala une dernière gorgée de café et se leva.

— Il est temps de partir !

— Je ne veux pas y aller !

— Il le faut. Je n'irai pas sans toi !

— S'il te plaît, Jos!

— Ou tu t'y rends sur tes deux pieds, ou je te porte sur mes épaules, à toi de choisir!

— Nous ne sommes plus au temps des cavernes! protesta-t-elle.

Mais, sachant qu'il était tout à fait capable de mettre sa menace à exécution, elle se leva à son tour.

— Nous ne resterons pas longtemps, je te le promets, dit-il en glissant son bras sous le sien.

Ils venaient juste de sortir de l'ascenseur à l'étage des Dwyer lorsque Clare osa enfin lui poser la question qui lui brûlait les lèvres.

— Est-ce que tes amis savent que... que j'ai perdu la mémoire?

Le doigt sur la sonnette, Jos répondit :

— Tom est au courant. Personne d'autre. Sauf s'il les a informés.

La porte s'ouvrit sur un homme à l'allure décontractée et au visage jovial. En apercevant Clare, il eut un mouvement de surprise vite réprimé. La jeune femme se demanda avec inquiétude si l'on désirait vraiment sa présence dans cette maison. Cependant, l'homme les accueillit avec un sourire chaleureux.

— Je suis vraiment heureux que vous puissiez vous joindre à nous ce soir. Andrea semble avoir eu du mal à te joindre, Jos.

— Nous venons juste de rentrer de notre voyage de noces.

— Oh... je vois! Entrez donc.

Ils pénétrèrent à l'intérieur d'un appartement cossu dans lequel plusieurs personnes se tenaient debout, devisant joyeusement, un verre à la main.

Son bras passé autour de la taille de Clare, Jos fit les présentations :

— Clare, voici Tom Dwyer, notre hôte. Tom, je te présente Clare, ma femme.

Tom Dwyer devait avoir la cinquantaine, possédait des yeux d'un bleu limpide et une poignée de main ferme et énergique.

— Ravi de faire votre connaissance...

Il s'interrompit, son visage soudain inquiet.

— Voici Andrea...

Une époustouflante créature aux cheveux blond platine fendait la foule dans leur direction.

— Enfin, chéri, te voilà ! s'exclama-t-elle en se précipitant sur Jos avec l'intention évidente de l'embrasser sur la bouche.

Jos fut plus rapide qu'elle. Saisissant ses deux poignets, il la tint à distance.

— Comment vas-tu, Andrea ? Tu es très en beauté, ce soir.

Le compliment était faible : Andrea était éblouissante. Elle esquissa une moue boudeuse.

— Le mariage te rend terriblement formel, Jos. Tu m'avais habituée à beaucoup mieux.

Elle se tourna alors vers Clare, et ses yeux s'arrondirent de stupeur.

— Je... je suis heureuse que vous ayez pu venir, s'exclama-t-elle. Excusez ma surprise, mais vous ressemblez tellement à...

Un serveur s'approcha d'eux, un plateau à la main. Tom parut soulagé de cet intermède. Il prit sur le plateau deux verres de champagne et les offrit aux nouveaux venus.

— Oh, du champagne ! remarqua Jos. Que célébrons-nous, ce soir ?

— Mon divorce, chéri ! répondit aussitôt Andrea. Me voici de nouveau libre...

Puis, se tournant vers Clare, elle minauda :

— J'espère que vous ne m'en voudrez pas d'appeler votre mari chéri, mais, voyez-vous, c'est que lui et moi avons été de très très bons amis...

— Oui, je sais, dit Clare.

— Ah, bon ! Je croyais que vous étiez devenue... enfin on m'a dit que vous aviez perdu l'esprit... je veux dire... la mémoire.

Elle avait parlé fort. Plusieurs invités tournèrent la tête vers eux. Tom s'empressa d'intervenir.

— Vous avez eu un accident, n'est-ce pas ? Votre tête a heurté le trottoir ?

— Oui, en effet, répondit Clare d'une voix qu'elle espéra ferme et décontractée. Le choc m'a rendu temporairement amnésique. Mais cela ne saurait durer.

Clare aurait payé cher pour que ce fût vrai — mais l'était-ce vraiment ? Comme si elle lisait dans ses pensées, Andrea lança :

— Et si vous ne retrouviez jamais la mémoire ? Seigneur, cela doit être terrible de se sentir... anormale. Personnellement, je ne sais si j'aurais le courage de...

— Oh, ce n'est pas si terrible que cela ! se défendit Clare. Ne vous est-il jamais arrivé de vouloir oublier certains de vos souvenirs ?

Elle la défiait du regard. L'espace de quelques secondes, Andrea se troubla, mais elle ne désarma pas. Elle se tourna vers Jos.

— Mon pauvre chéri, cela doit parfois être terriblement gênant d'avoir une femme qui n'est pas... je veux dire qui a ce terrible handicap.

Jos se pencha sur le visage de Clare et déposa un baiser sur la commissure de ses lèvres.

— Pas du tout. Cela a même un avantage précieux : elle ne possède pas de souvenirs d'autres hommes que moi.

Les yeux d'Andrea brillèrent alors d'une lueur féroce.

— Dommage pour Clare que, de ton côté, tu n'aies pas perdu la mémoire.

— Elle n'a rien à craindre de ce côté-là. Aucune des

femmes que j'ai connues dans le passé ne peut rivaliser avec elle.

Le visage d'Andrea se crispa sous l'épaisse couche de fond de teint qui le recouvrait. Clare aurait voulu disparaître dans un trou de souris.

C'est alors que la sonnette de la porte d'entrée retentit. Tom se tourna vers sa fille.

— Pendant que je vais ouvrir, fais-moi le plaisir de tenir compagnie à la femme du député. Elle ne connaît personne et semble un peu perdue.

— Ne te fais aucun souci, papa, je la prends en charge.

Puis, se tournant vers Clare, elle ajouta, un sourire aux lèvres :

— Je vous retrouverai un peu plus tard. J'aimerais beaucoup bavarder avec vous.

Clare lui retourna son sourire.

— Pourquoi pas ? rétorqua-t-elle comme par défi.

A peine Tom et Andrea s'étaient-ils éloignés que Jos lui demanda :

— Es-tu certaine d'avoir envie de bavarder avec cette peste ?

— Je n'en ai aucune envie, mais je ne pouvais me dérober.

— Tes bonnes manières te perdront, Clare ! Je t'en prie, fais attention. Andrea est une femme sans scrupule. Elle ne te fera pas de cadeaux, tu peux en être certaine. Pour elle, la gentillesse est une forme de faiblesse.

— Ne t'inquiète pas pour moi. Je saurai me défendre ! répliqua Clare d'un ton ferme.

Jos laissa échapper un soupir.

— Je t'aurai prévenue. De toute façon, nous ne nous attarderons pas. Dès que nous aurons salué tout le monde, nous rentrerons à la maison.

— Pour que mon départ apparaisse comme une fuite ? Jamais !

— Quelle entêtée tu fais ! Andrea ne cherche qu'à te faire mal, et cette idée m'insupporte !

Il avait l'air si sincère que la jeune femme releva le menton et affirma avec force :

— Si Andrea croit pouvoir me détruire, elle se trompe !

Jos lui lança un regard admiratif.

— Viens, il est temps que tu fasses la connaissance de mes amis, dit-il en l'entraînant vers la foule.

Au bout d'une heure, Clare avait fait le tour des invités. Tous avaient semblé surpris d'apprendre leur mariage, et certaines jeunes beautés n'avaient pu cacher leur déception de voir Jos « casé ».

Il venait de la présenter à un groupe de financiers de Wall Street lorsque l'un deux, Scott Wendell, s'exclama :

— Dieu du ciel, pendant un instant j'ai cru que vous étiez...

Ses yeux rencontrèrent ceux de Jos et il changea immédiatement de sujet.

— Quel cachottier tu fais, Jos ! Nous étions tous persuadés que ce voyage en Angleterre était un voyage d'affaires.

Clare sourit.

— C'en était un en effet ! Jos m'a rencontrée par hasard.

— Eh bien, c'est un sacré veinard ! Je fais de nombreux voyages d'affaires, et je n'ai jamais eu la chance de tomber sur quelqu'un comme vous ! Oh, à propos d'affaires, Jos, sais-tu que la banque Clemenson...

Andrea surgit alors à côté de Clare et lui prit le bras.

— Venez, dit-elle en l'entraînant. Les hommes vont parler affaires et ils deviennent alors mortellement ennuyeux. J'ai quelque chose de très intéressant à vous montrer.

Alors qu'elles s'éloignaient, Clare entendit le jeune Wendell énoncer distinctement :

— Ses griffes, sans doute !

L'espace d'un instant, Clare éprouva la curieuse impression d'être Blandine descendant dans l'arène. Mais, prenant une profonde inspiration, elle suivit Andrea.

7.

Si Andrea avait entendu la remarque acerbe du jeune Wendell, elle n'en laissa rien paraître. D'une main ferme, elle guida Clare jusqu'à une sorte de bureau, à l'autre bout de l'appartement, loin du bruit et de la foule. Elle lui indiqua un canapé dans un coin de la pièce, lui servit d'autorité un verre de bourbon, s'en versa un aussi, et s'installa dans un fauteuil avant de lancer sans préambule :

— Je suppose que vous savez que mon intention était d'épouser Jos dès son retour d'Angleterre.

— Non, je l'ignorais.

— J'attendais seulement que le jugement de mon divorce ait été prononcé.

— Jos était-il au courant ?

Andrea releva le menton et ses yeux lancèrent des éclairs.

— A l'époque, il n'y avait pas d'autres femmes dans son horizon, et je puis vous assurer qu'il trouvait auprès de moi la satisfaction de ses besoins !

— Je suppose que vous faites allusion à ses besoins... sexuels ?

— Si vous pensez qu'il en a d'autres, vous n'allez pas tarder à être déçue !

— Jos est un être humain et, comme tous les êtres humains, il a besoin d'amour.

Andrea éclata d'un rire méprisant.

— D'amour ! Vous voulez rire ? Jos est un monstre de froideur et de cruauté. Il est incapable d'aimer qui que ce soit, mais c'est le seul homme qui m'ait jamais fait vibrer. Je suis certaine que nous aurions pu nous entendre, s'il ne vous avait pas rencontrée.

— En êtes-vous certaine ? Selon Jos, votre aventure était terminée bien avant son départ pour l'Angleterre.

Andrea vida son verre de bourbon d'un seul trait et s'en servit un second.

— J'aurais pu le faire changer d'avis si vous ne lui aviez pas mis le grappin dessus.

— Je n'ai pas... Ce n'est pas ainsi que les choses se sont passées ! s'indigna Clare.

— Comment pouvez-vous le savoir, puisque vous avez perdu la mémoire ?

— Jos m'a laissé entendre que je n'avais pas été d'un abord facile.

Les yeux noirs d'Andrea lancèrent des éclairs.

— Oh... je vois ! Mademoiselle a joué les vierges effarouchées et s'est refusée à lui ! Bravo ! La stratégie a parfaitement réussi. Vous l'avez ainsi obligé à vous passer la bague au doigt pour vous avoir dans son lit. Mais, croyez-moi, vous ne le garderez pas longtemps. Il va très vite se lasser et il me reviendra, j'en suis certaine ! Nous pourrons alors nous le partager.

— Cela m'étonnerait.

— Que voulez-vous dire ?

— Jamais je ne partagerai Jos avec une autre femme !

Andrea arqua un sourcil bien dessiné.

— Mais, ma parole, vous l'aimez !

— Oui, je l'aime.

— Alors, je vous plains, car Jos ne vous aime pas et ne vous aimera jamais.

— Je sais. Il ne m'aime pas, mais il ne fait aucun doute qu'il me désire.

— Ainsi, nous sommes à égalité !

Clare reposa le verre plein sur la table basse, à côté du canapé. Comme sa main tremblait un peu, quelques gouttes de bourbon se répandirent sur le marbre.

— Cette conversation manque d'intérêt, dit-elle en se levant. J'espère que vous voudrez bien m'excuser ; il est temps pour moi de rejoindre les autres invités.

— Pas encore ! coupa Andrea en la retenant par le bras et en l'obligeant à se rasseoir. Avant que nous nous quittions, j'ai quelque chose de très intéressant à vous montrer. Vous allez comprendre les vraies raisons qui ont poussé Jos à vous épouser.

— Parce que vous les connaissez ?

— Oh oui, je les connais ! Bien que je ne les ai comprises qu'en vous voyant ce soir, je n'ai désormais plus aucun doute. Vous êtes son portrait tout craché !

— Mais enfin, de qui parlez-vous ?

Andrea ne l'écoutait pas, poursuivant son idée.

— Lors de son séjour à New York, elle est devenue son obsession, et cela a été un choc terrible lorsqu'elle est morte dans cet accident. Il avait besoin d'être consolé, et j'étais là.

Le cœur de Clare se mit à battre à grands coups sourds dans sa poitrine. Un étau lui serrait la gorge. Elle avait soudain peur de comprendre.

— Qui est morte, et dans quel accident ?

— Votre mère, il y a quelques mois, dans un accident d'avion à Panama.

— Jos ne connaissait pas ma mère. Tout au moins pas... personnellement.

— Si c'est ce qu'il vous a raconté, alors il vous a menti ! Dès qu'il a aperçu la photo d'Isobel Berkeley dans les journaux, il n'a eu de cesse de la rencontrer. Et bien qu'elle ait été de douze ans son aînée, il ne l'a plus quittée. On ne voyait plus qu'eux dans tous les endroits à la mode.

— Vous mentez !

— Ah oui ?

Elle se leva et ouvrit un des tiroirs du bureau pour en extraire un magazine, qu'elle jeta sur les genoux de son interlocutrice.

— Leur couple a défrayé la chronique des journaux de l'époque. Voyez par vous-même.

Le cœur à la torture, Clare se mit à feuilleter le magazine et soudain s'arrêta, horrifiée. Une photo s'étalait sur une double page. Sur cette photo, une femme au décolleté provocant souriait, sûre d'elle et de son pouvoir de séduction. Une femme dont le visage était en tout point semblable au sien ! Une femme qui s'accrochait au bras de Jos, superbe dans un smoking impeccable.

Clare lut la légende au-dessous de la photo.

« Le richissime banquier Jos Saunders a été vu sortant du très chic restaurant Culpeppers en compagnie de lady Isobel Berkeley, la femme du diplomate anglais. Ils ne se sont pas quittés de la nuit, dansant jusqu'au petit matin, scellant ainsi une nouvelle entente cordiale entre la Grande-Bretagne et les Etats-Unis. »

Les pages suivantes montraient d'autres images du couple, dansant joue contre joue. La dernière les représentait, assis à une table, s'embrassant à pleine bouche.

Clare pensa qu'elle allait s'évanouir, mais elle n'en continua pas moins sa lecture.

« On rapporte que lady Isobel, connue pour sa vie dissolue, aurait abandonné tous ses admirateurs au profit du séduisant banquier. »

Clare ne pouvait détacher son regard de la femme représentée sur la photo. Seigneur, la ressemblance était incroyable ! Cela expliquait la surprise des invités de la soirée et la réaction du jeune Wendell...

Ainsi, elle connaissait désormais les raisons qui avaient poussé Jos à l'épouser. Obsédée par l'image d'une femme qu'il ne pouvait plus avoir, il avait jeté son dévolu sur celle qui — du point de vue physique en tout cas — lui ressemblait le plus...

Etait-ce ce qu'elle avait découvert tout de suite après la cérémonie du mariage? Etait-ce la raison qui l'avait poussée à s'enfuir en laissant ses bagues derrière elle?

Clare referma le magazine. Elle se sentait vidée de toute substance. Elle se leva, surprise que ses jambes aient encore la force de la porter.

— Si vous voulez bien m'excuser, je vais prendre congé, murmura-t-elle.

C'est alors que l'on frappa à la porte. Celle-ci s'ouvrit, livrant passage à Jos. Son regard se fixa aussitôt sur le visage exsangue de Clare.

— Tu es prête à rentrer, chérie? lui demanda-t-il.

— Oui.

Il passa un bras autour de sa taille et, tel un automate, la jeune femme se laissa guider à travers la foule des invités.

Visiblement mal à l'aise, Tom les raccompagna jusqu'à la porte.

— Je suis désolé que vous rentriez si tôt. J'espère que nous nous reverrons bientôt.

— Moi aussi, répondit-elle, sans même penser à ce qu'elle disait.

Prenant la main qu'il lui tendait, elle parvint même à rendre à leur hôte son sourire.

Ce n'est que lorsque Jos et elle pénétrèrent dans le penthouse qu'elle sentit ses forces l'abandonner. Alors qu'elle vacillait soudain, prête à tomber, il la rattrapa de justesse. Poussant un juron, il la saisit dans ses bras et la porta jusque sur le lit. Le corps soudain saisi de tremblements incoercibles, Clare éclata en sanglots.

Jos lui ôta ses chaussures et se mit en devoir de la déshabiller. Elle se laissa faire, incapable de lui opposer la moindre résistance. Il se dévêtit à son tour, et s'allongea à côté d'elle. Mais lorsqu'il voulut la prendre dans ses bras, elle réagit avec violence, au bord de l'hystérie.

— Sors d'ici, ne me touche pas ! Laisse-moi tranquille !

Jos la prit par les épaules et la secoua violemment.

— Calme-toi, je t'en prie, Clare ! Que se passe-t-il ? Que t'a raconté cette vipère d'Andrea ?

De ses deux poings serrés, elle lui martela la poitrine.

— Ne me touche pas, tu me dégoûtes ! Je te déteste ! Je te hais !

Jos saisit ses poignets et les immobilisa.

— Laisse-moi, hurla-t-elle en essayant de se libérer.

— Pas avant que tu ne m'aies expliqué ce qui se passe !

Elle continua longtemps à se débattre, jusqu'à ce que, épuisée, elle se laissât aller sur l'oreiller.

— Enfin calmée ! ironisa Jos. Et si tu me disais maintenant ce qui se passe ?

— S'il te plaît, Jos, laisse-moi.

Comme s'il était lui-même fatigué de lutter, il la libéra. S'éloignant de lui le plus possible, elle se cala contre les oreillers, ses immenses yeux violets brûlant de colère.

— Tu m'as menti ! l'accusa-t-elle. Tu m'as dit ne connaître ma mère que de réputation. Tu as même prétendu éprouver de la haine pour elle.

— C'est vrai. Je la hais.

— Menteur ! Andrea...

— Tu ne vas pas croire ce que dit Andrea !

— Andrea m'a montré les photos d'un magazine datant de l'époque où ma mère vivait à New York. Des photos très édifiantes !

Jos fit une grimace méprisante.

— Ainsi, c'était cela qu'elle tenait à te montrer : les photos d'un magazine à scandales !

— Magazine à scandales ou pas, les photos n'étaient pas truquées. Elles m'ont enfin permis de comprendre les raisons pour lesquelles tu m'as épousée.

— Ah oui ? Je serais très heureux de les connaître à mon tour.

Elle frissonna de dégoût.

— Elle était morte et je lui ressemblais. C'est cela, n'est-ce pas ? Je n'ai jamais été que la remplaçante de ma mère, pour toi.

— Non, Clare, tu te trompes !

— Oh non, je ne me trompe pas. Et je ne te laisserai pas m'utiliser plus longtemps. Dès demain, je quitterai cette maison.

— Pour aller où ? Tu n'as pas d'argent...

— Peu m'importe ! Je trouverai du travail.

— Je ne te laisserai pas partir !

— Tu ne pourras me retenir contre mon gré.

— Il suffit que j'explique au Dr Hauser que non seulement tu n'as toujours pas recouvré la mémoire, mais qu'en plus ton comportement devient étrange, incontrôlable pour qu'il...

— Tu n'oserais pas !

— J'espère ne pas avoir à en arriver là ! Mais si tu cherches à t'enfuir, crois-moi, je n'hésiterai pas une seconde.

— Tu es un monstre !

— Je suis ton mari, et je me dois de te protéger contre toi-même.

— Je refuse de partager la couche d'un homme qui, chaque fois qu'il me fait l'amour, pense à une autre femme. Ma propre mère, qui plus est !

— Serais-tu jalouse ?

Sa voix se brisa lorsqu'elle répondit :

— Comment oses-tu me parler de jalousie alors que je me sens à jamais salie, humiliée ?

— Je comprendrais que tu te sentes ainsi si tout cela était vrai. Ce qui n'est pas le cas.

Refusant de l'écouter, elle l'apostropha avec véhémence.

— Penses-tu à elle, est-ce son visage, son corps, que tu vois quand tu me caresses ?

— Cela ne m'est jamais arrivé jusqu'à présent, mais nous pouvons commencer pour voir.

— Jamais plus ! Jamais plus je ne te laisserai poser les mains sur moi !

— Tu mens ! Tu ne penses qu'à cela, au contraire !

Et comme pour lui prouver qu'il avait raison, il se rapprocha d'elle et, d'un geste brusque, l'obligea à se mettre sur le ventre. Lorsque sa bouche couvrit de baisers sa nuque, lorsque sa langue titilla le lobe de son oreille, Clare sut qu'elle était perdue. Son propre corps la trahissait et répondait aux caresses de son partenaire sans qu'elle pût rien faire pour l'en empêcher. Puis il prononça plusieurs fois son nom d'une voix altérée et glissa ses mains sous elle, à la recherche de ses seins gonflés de désir. Il les trouva, et la réponse de la jeune femme ne se fit pas attendre. Elle gémit de plaisir.

— Tu me désires et tu me désireras toujours, Clare. Tu es à moi. Tu m'appartiens corps et âme.

— Non, je ne veux pas !

— Si, tu veux !

Ses mains glissèrent sous son ventre et, la soulevant légèrement, il lui fit l'amour avec une lenteur qui faillit la rendre folle.

Oui, elle le voulait. Oui, elle le désirait plus que tout au monde. Oui, elle lui appartenait corps et âme. Et alors qu'il criait une fois encore son nom, ils atteignirent tous deux, en même temps, l'éblouissement final.

Lorsqu'il roula sur le côté, Clare resta sans bouger, le visage enfoui au creux de l'oreiller. Elle le haïssait pour son arrogante domination, mais elle se haïssait plus encore pour son inadmissible faiblesse.

— Retourne-toi et regarde-moi ! ordonna-t-il.

Elle se retourna, s'assit sur le lit et, les bras repliés autour de ses genoux, affronta son regard.

— J'espère avoir clairement établi que, quoi que tu puisses affirmer, tu me désires et que, pour ma part, je ne pense à aucune autre femme que toi lorsque je te fais l'amour.

— La seule chose que tu aies clairement établi est que tu prends de force ce que l'on n'est pas prêt à te donner ! se rebiffa-t-elle. L'article du magazine est sans ambiguïté : Isobel Berkeley et toi étiez amants.

— Et, pourtant, je puis te jurer que c'est faux !

— Cesse de mentir, je t'en prie ! Une des photos te montrait en train de l'embrasser à pleine bouche.

— Ce qui prouve combien une photo peut être trompeuse. Je ne l'embrassais pas ; elle m'embrassait.

— Quelle différence cela fait-il ?

— Une différence énorme, tu peux me croire !

— C'est un débat purement rhétorique. Tu affirmais la détester ; or ces photos et ce que m'a raconté Andrea prouvent le contraire.

— Que t'a raconté cette vipère ?

— Des choses fort intéressantes, crois-moi. D'après elle, dès que tu as vu la photo de ma mère dans les journaux, elle est devenue pour toi une véritable obsession et tu n'as eu de cesse de la rencontrer. Puis, malgré la différence d'âge, tu es devenu son amant.

— Comment peut-elle affirmer une chose pareille ? Nous a-t-elle surpris dans un lit ? Elle n'a aucune preuve de ce qu'elle avance, et tout ceci n'est que pure supposition de sa part.

— Mais... l'article du magazine n'affirme-t-il pas, lui aussi, que l'on ne vous voyait plus l'un sans l'autre ?

— Cela signifie-t-il que nous partagions le même lit ? Une partie de ces ragots toutefois est vraie, je le reconnais. Isobel me fascinait, je ne puis le nier. Elle possédait cette sorte de beauté qui damnerait n'importe quel saint. Dès que j'ai su qu'elle se trouvait à New York, je me suis arrangé pour que nos chemins se croisent. Je désirais me rendre compte par moi-même du démon qu'elle était, et je n'ai pas été déçu.

— Mais pourquoi une telle haine à son encontre ? Pareil sentiment ne peut être fondé que sur une raison précise.

— Il l'était. J'avais toutes les raisons du monde de haïr lady Isobel Berkeley.

— Ne crois-tu pas que le moment est venu pour moi de connaître ces raisons ?

— Sans doute. Si on m'a vu si souvent en compagnie de ta mère, c'est que je désirais me venger de ce qu'elle avait fait subir à ma famille.

— Te venger ! s'exclama Clare, les yeux agrandis par l'horreur.

— Oui, me venger ! Avec une facilité déconcertante, ta mère est tombée dans le piège que je lui tendais. Si elle n'avait pas péri dans cet accident d'avion, je lui aurais avoué ma véritable identité, je lui aurais dit ce que je pensais d'elle et aurais orchestré autour de cet événement toute la publicité nécessaire. Je l'aurais brisée à jamais.

Le visage de Jos n'était plus qu'un masque de haine, tandis qu'il prononçait ces mots.

— Je... je ne comprends pas, balbutia Clare, atterrée.

— Tu vas comprendre. Ces photos de ta mère ne t'ont pas rendu la mémoire, n'est-ce pas ?

— Hélas, non !

— Alors, c'est par ma bouche que tu vas retrouver une

partie de ton passé. Nous nous sommes connus enfants, Clare. Nos deux familles étaient amies. Nous, les Saunders, nous habitions juste à la sortie de Meredith, un manoir nommé Foxton Priory et vous, les Berkeley, habitiez à un kilomètre de là, une maison appelé Stratton Place. Ta mère et la mienne étaient les meilleures amies du monde.

— Que... que s'est-il passé, Jos ? Qu'a fait ma mère ?

— Elle est devenue la maîtresse de mon père, et c'est elle qui a causé indirectement le suicide de ma mère.

— Oh non, pas ça !

— Bien entendu, les journaux ont parlé d'un accident mais, pour moi, le suicide ne fait aucun doute. Comment ma mère aurait-elle pu supporter que celui auquel elle avait consacré toute sa vie la trompe avec sa meilleure amie ? Hélas, comme beaucoup d'autres hommes, mon père n'avait pu résister à la beauté diabolique d'Isobel.

Clare cherchait désespérément à fermer son esprit aux terribles implications du discours de Jos, mais les mots pénétraient son cœur comme autant de coups de poignard.

— Ta mère a trahi et a causé la mort de sa meilleure amie, répéta Jos, implacable.

Non, non, non, cela ne pouvait être vrai ! Au plus profond d'elle-même, Clare se révoltait contre la terrible accusation. Jos se trompait. Sa mère n'était pas cet être diabolique qu'il décrivait...

— Pourquoi lui donnes-tu ainsi tous les torts ? Dans cette affaire, ils étaient deux, que je sache !

— Je ne prétends pas que mon père ait été un saint, loin de là, mais face au pouvoir de séduction d'Isobel, même l'archange Gabriel aurait succombé.

Clare fit une dernière tentative.

— Tu... tu ne penses pas que ton père et ma mère auraient pu... s'aimer ?

— J’en doute — tout au moins en ce qui concerne Isobel. Après la mort de ma mère, elle a tout simplement cessé de voir mon père, qui s’est mis à boire. Tu connais la suite. Un soir de beuverie, sa voiture s’est écrasée contre un arbre. Comme tu peux le constater, Clare, ta mère a tout simplement détruit ma famille !

8.

— Je suis certaine qu'elle n'a pas voulu ça ! dit Clare, le cœur à l'agonie.

— Non, bien évidemment. Il semble — c'est ce qui m'a été rapporté — qu'elle ait montré quelque chagrin après la mort de mon père. Peut-être même a-t-elle éprouvé des remords.

Des remords ! Ces mots s'inscrivirent en lettres de feu dans l'esprit de Clare. Il lui semblait qu'elle aussi aurait dû en éprouver. Mais pour quelle faute, elle n'aurait su le dire. Dieu du ciel, qu'avait-elle donc fait ? Quelle tragédie recelait encore son passé que son esprit cherchait à tout prix à occulter ? Elle poussa un sourd gémissement.

— Que se passe-t-il, Clare ? demanda Jos, aussitôt alarmé. La mémoire te revient-elle ?

— Non, hélas ! Oh, Jos, tu... tu m'as épousée pour te venger sur moi de ce que ma mère avait fait subir à ta famille, n'est-ce pas ?

— Non, Clare, non ! C'est plus compliqué que cela, je...

Mais Clare n'écoutait plus. Puisque la mémoire ne lui revenait pas, il devait continuer à lui raconter son passé.

— Est-ce pour cela que je me suis enfuie ?

— Mes deux prénoms ont été annoncés pendant la cérémonie du mariage, et tu as soudain pris conscience de mon identité. Nous avions prévu de rejoindre New York dès la fin de la cérémonie. Pendant tout le trajet en avion, tu n'as pas dit un mot, mais au cours du repas préparé pour nous au penthouse par Roberts tu m'as demandé pourquoi je t'avais épousée.

— Tu m'as alors dit la vérité ?

— En partie seulement, mais c'était déjà trop. Tu as alors refusé de partager mon lit. Tu semblais si épuisée que je n'ai pas insisté et me suis installé dans la chambre d'amis. Le matin, j'ai quitté la maison alors que tu dormais encore. Je m'étais absenté longtemps, et mes collaborateurs avaient besoin de moi pour signer certains papiers. A mon retour, tu avais disparu.

» Je ne comprenais rien à ton attitude. Où comptais-tu te rendre ? Tu ne pouvais quitter les Etats-Unis, ton passeport était resté dans la poche de ma veste. Sans argent ni vêtements de rechange, tu ne pouvais pas aller très loin. Je me suis donc dit que tu ne tarderais pas à revenir.

Comme si les souvenirs de ce matin-là étaient particulièrement douloureux, Jos poursuivit, le visage crispé :

— Mais le temps a passé, et tu ne revenais pas. Je ne savais plus que faire...

Lui d'habitude si sûr de lui, qui dirigeait toute chose avec maestria, avait-il été aussi inquiet, aussi perdu, que l'expression de son visage le laissait entendre ?

— Qu'as-tu fait, alors ?

— J'ai fait appel aux meilleurs détectives privés de New York. Ils ont arpenté les rues de la ville avec ta photo, visité tous les hôtels, sans succès. La nuit venue, j'ai eu l'idée de consulter les hôpitaux de la ville. Ils sont plus de cent cinquante. Je les ai appelés sans plus attendre.

— Et tu as fini par me découvrir ! Dieu merci, je n'avais eu qu'un léger accident.

— Un léger accident ! Il aurait pu être fatal !

Il l'avait été, en un sens. En lui ôtant ses souvenirs, il l'avait rendue à la domination de Jos, avait permis qu'il allume en elle les feux de la passion.

— Si quelque chose de grave t'était arrivé, je... je ne me le serais jamais pardonné, énonça-t-il, la voix altérée par l'émotion.

Il tendit la main vers le visage de la jeune femme, caressa sa joue avec douceur et souligna du pouce le dessin de ses lèvres.

— La première fois que je t'ai aperçue, dans le bureau de Graham Ashleigh, je n'ai pas pu détacher le regard de ton visage. Tu étais si belle, si...

— Si semblable à ma mère ! Tu as alors pensé que je lui ressemblais en tout point.

— C'est vrai.

Il retira sa main et laissa échapper un profond soupir.

— Pourtant, il y avait tant de choses qui semblaient différentes !

— Comment ai-je pu ne pas te reconnaître ?

— Tu ne m'avais pas vu depuis dix-sept ans.

— Notre rencontre était-elle fortuite ?

— Non, pas vraiment.

— Tu savais que je travaillais chez Ashleigh Kent ?

— Oui, par Isobel. Elle me parlait souvent de toi. Bien que vous n'ayez pas vécu ensemble, elle semblait t'aimer beaucoup.

Cette information réchauffa le cœur glacé de Clare.

— Ce voyage d'affaires avait donc pour unique but de me rencontrer ?

— En fait, le hasard a bien fait les choses. Une maison que je tenais à acquérir a soudain été mise en vente par l'intermédiaire de cette agence dans laquelle tu travaillais. L'annonce tombait fort à propos, et me permettait de faire d'une pierre deux coups. Il m'a suffi alors de faire savoir que je me portais acquéreur et de demander que la transaction se fasse par ton intermédiaire.

— Le reste a été plus facile encore, commenta-t-elle, amère.

— Pas aussi facile que je l'avais d'abord espéré. Tu étais si froide, si distante ! J'ai dû déployer tout mon arsenal de séducteur pour que tu acceptes de sortir avec moi.

— Quand as-tu décidé de m'épouser ?

— Dès que j'ai eu posé les yeux sur toi, ma décision a été prise.

Ainsi, la terrible attraction qu'il avait éprouvée pour Isobel s'était reportée sur elle... en même temps que son désir de vengeance.

C'en était trop. Clare éclata en sanglots.

— Je t'en prie, ne pleure pas, mon amour...

La douceur de ses paroles ne fit qu'accentuer encore son chagrin. Des torrents de larmes se mirent à ruisseler sur son visage, sans qu'elle pût rien faire pour les arrêter. Jos la prit alors dans ses bras, la serra contre lui et la berça comme une enfant. Le visage pressé contre sa poitrine musclée, elle le laissa faire jusqu'à ce que ses larmes se tarissent et qu'elle s'endorme, lovée contre lui.

Lorsqu'elle se réveilla, le lendemain matin, le soleil inondait la chambre de ses rayons lumineux. Elle se sentait merveilleusement bien. Comme elle s'étirait langoureusement, les souvenirs des événements de la veille lui revinrent à la mémoire, et le sentiment de bien-être s'évanouit aussitôt.

Elle tourna la tête. La place à côté d'elle était vide. Un bruit d'eau dans la salle de bains l'informa que Jos prenait sa douche.

Un long frisson la parcourut. Depuis que Jos était venu la récupérer, cette nuit-là, à l'hôpital, elle savait confusément que quelque chose de terrible entachait leur relation. Mais ce qu'elle avait découvert grâce à la jalousie d'Andrea dépassait en horreur tout ce qu'elle avait pu imaginer.

Jamais elle ne pourrait continuer à vivre aux côtés de Jos. Elle devait rentrer en Angleterre, son pays. Là, elle retrouverait du travail, peut-être chez Ashleigh Kent. Elle vendrait même ses bagues, s'il le fallait...

A la simple idée de ne plus revoir Jos, un froid glacial l'envahit, et une souffrance insupportable étreignit son cœur. Seigneur, elle l'aimait à en mourir ! Puis elle pensa au mal que sa mère avait fait subir à la famille de Jos. N'était-ce pas à cause d'Isobel qu'il était devenu ce qu'il était, un homme froid et insensible, incapable d'aimer, utilisant les femmes pour son plaisir et rien d'autre ? Un homme immensément riche et désespérément seul... Avait-elle le droit de l'abandonner à cette solitude ? Il la désirait, cela ne faisait aucun doute, et s'il cherchait à travers elle une certaine rétribution pour le mal qui lui avait été fait, n'était-ce pas justice ? En lui donnant son amour sans rien demander en échange, ne réparerait-elle pas la faute commise par sa mère ?

— Réveillée ?

Clare sursauta. Absorbée par ses pensées, elle n'avait pas vu Jos sortir de la salle de bains. Il se tenait au pied du lit et la dévisageait avec intensité. Le pouls de la jeune femme s'accéléra, et une onde de chaleur l'envahit.

Jos était à moitié nu, ses cheveux encore humides de la douche qu'il venait de prendre. Il ne portait pour tout vêtement qu'une serviette nouée autour des reins. Avec son corps d'athlète tanné par le soleil, il était terriblement séduisant.

— Ne me regarde pas ainsi, Clare, sinon je te rejoins sous les draps et tu ne vas pas aimer ça !

— Tu te trompes !

Il resta un instant interloqué puis s'exclama :

— Tiens, tiens, tiens !

A son grand dam, Clare rougit jusqu'aux oreilles.

Il s'assit sur le bord du lit.

— Que se passe-t-il? demanda-t-il, intrigué. Cette soudaine soumission ferait-elle partie d'un plan diabolique? Chercherais-tu à endormir ma confiance pour mieux pouvoir t'échapper?

— Non, répondit-elle d'une voix ferme. Je ne pars plus. Je reste.

— Pour combien de temps?

— Aussi longtemps que tu voudras de moi.

— Hum... aurais-je enfin réussi à te convaincre que mes intentions en t'épousant n'étaient pas celles que tu croyais?

Comme elle ne répondait pas, il secoua la tête.

— Je vois. Tu as décidé de te sacrifier afin de racheter la dette de ta mère. C'est cela, n'est-ce pas? Quel merveilleux sens du devoir!

Sa réponse cinglante la prit de court. Une rage froide l'envahit.

— Oh... et puis, va au diable!

— Voilà qui est mieux! Une femme trop docile m'ennuierait à mourir. Je te préfère passionnée, un peu rebelle...

— Afin de pouvoir mieux me dompter?

— Comment as-tu deviné?

Sans la quitter des yeux, il dénoua la serviette et vint se coucher près d'elle.

Il se mit sur un coude et plongea son regard dans le sien.

— Eh bien?

— Eh bien, quoi?

— Maintenant que tu as réussi à m'attirer sous la couette, que comptes-tu faire?

Il souriait. Mais ce sourire n'avait rien de rassurant. Clare sentait obscurément qu'il cachait en fait une intense colère. Pourquoi Jos était-il furieux ? L'avait-elle blessé dans son orgueil ? Pensait-il qu'elle restait par pitié ? Ou bien était-il en colère parce qu'elle refusait de croire qu'il n'éprouvait plus aucun désir de se venger ?

— Jos, je...

— Pourquoi ne commencerais-tu pas par me donner un baiser ? Nous verrions alors l'effet produit.

— Je... je vais d'abord me laver les dents et prendre une douche.

— Ce n'est pas un de tes stratagèmes pour...

— Non, non, je t'assure !

— Bien. Alors, je t'attends.

Clare s'empressa de descendre du lit, d'enfiler sa robe de chambre et de courir s'enfermer dans la salle de bains. Elle prit une douche, se lava les dents, se brossa les cheveux et revêtit de nouveau sa robe de chambre. Au moment d'ouvrir la porte, elle hésita.

Prenant une brusque décision, elle se débarrassa d'un geste de sa robe de chambre, qui tomba sur le carrelage, ouvrit la porte et, nue, s'avança vers le lit. Jos avait repoussé les draps et il se tenait allongé, tout aussi nu qu'elle, les yeux clos, les mains derrière la nuque.

Bien qu'il l'eût vraisemblablement entendue sortir de la salle de bains, il n'ouvrit pas les yeux et ne fit pas le moindre mouvement, l'invitant ainsi à prendre elle-même l'initiative.

Qu'à cela ne tienne, elle la prendrait ! Sans perdre une seconde, elle s'allongea à côté de lui. Puis, prenant appui sur son coude, elle observa longuement son visage.

Avec ses yeux clos et ses longs cils recourbés, il avait l'air d'un enfant fragile et vulnérable. Clare oublia alors tout ce qui n'était pas son amour pour lui. Avec une infinie tendresse, elle posa ses lèvres sur sa joue.

Jos sursauta comme s'il venait d'être mordu par un serpent. Etouffant un juron, il la repoussa violemment et bondit hors du lit.

— Jos, que se passe-t-il ? s'écria Clare, effarée.

— Tu aurais pu m'épargner cette comédie ! Je t'ai simplement demandé de me rejoindre au lit, pas de me faire croire que tu m'aimais !

Une seconde plus tard, il quittait la pièce, faisant claquer la porte derrière lui. Les yeux de Clare se remplirent de larmes.

Les jours suivants, malgré la canicule, Jos continua à lui faire visiter New York, si bien que Big Apple n'eut bientôt plus de secrets pour elle.

Elle la trouva étonnante, excitante, passionnante, et ne fut pas loin de partager le sentiment des New-Yorkais : cette ville était vraiment le centre de l'univers.

Jos et elle jouèrent donc aux touristes. Ils visitèrent Soho, Chinatown, traversèrent le pont de Brooklyn, escaladèrent les marches de la statue de la Liberté, grimpèrent jusqu'au sommet de l'Empire State Building. Ces deux dernières expéditions furent une réelle épreuve pour la jeune femme, toujours handicapée par sa peur maladive du vide. Mais la main dans celle de Jos, elle réussit à surmonter l'épreuve.

Bien qu'elle éprouvât toujours quelques difficultés à considérer le penthouse comme sa maison, elle finit par s'y habituer, et même à éprouver un certain plaisir à rester sur la terrasse — à condition de ne pas s'approcher du bord.

Par une sorte d'entente tacite, Jos et elle ne faisaient jamais allusion au passé, mais Clare surprenait souvent le regard de son mari fixé sur elle, une lueur d'inquiétude au fond des yeux. Comme, un jour, elle lui en faisait la remarque, il répondit :

— Tu as toujours ce regard perdu. Je pensais qu'à la longue il s'en irait, mais il est toujours là.

Souvent, le soir, ils sortaient dîner au restaurant, assistaient à une pièce de théâtre ou à un concert ou bien encore allaient danser dans quelque night-club à la mode. Ils étaient également souvent invités à des soirées organisées par les amis et connaissances de Jos. Clare redoutait ces soirées, craignant que le fait qu'elle eût perdu la mémoire la fît apparaître aux yeux des autres comme quelqu'un d'anormal. En ces circonstances, Jos ne la quittait pas d'une semelle et répondait à sa place lorsque le besoin se faisait sentir.

— Oh Jos, c'est terrible. Sans mes souvenirs je me sens tellement diminuée ! soupirait-elle.

— Ne t'inquiète pas, répondait-il, ils vont finir par te revenir.

Au grand soulagement de Clare, Jos s'organisa pour qu'ils ne se retrouvent jamais en face d'Andrea. La jeune femme lui en fut infiniment reconnaissante.

Bien que de temps à autre le souvenir de cette soirée passée en compagnie de la blonde ravageuse lui donnât la chair de poule, pas un instant elle ne regretta d'être restée auprès de Jos. Celui-ci se révélait un compagnon merveilleux, plus encore qu'elle n'aurait osé l'espérer. Et chaque jour qui passait renforçait l'amour qu'elle éprouvait pour lui.

Elle ne se berçait toutefois pas d'illusions, consciente que son bonheur futur dépendait de deux choses : qu'elle retrouve enfin la mémoire et que Jos l'aime suffisamment pour accepter l'amour qu'elle éprouvait pour lui.

Mais en attendant, pouvoir vivre chaque jour à son côté lui procurait un bonheur immense et, à la fin de la journée, elle attendait avec impatience les plaisirs que lui procurerait la nuit. Elle aimait leurs étreintes douces et romantiques ou au contraire violentes et passionnées, ou encore, plus simplement, les longues conversations échangées à propos de ce qu'ils avaient fait dans la journée, pelotonnés dans les bras l'un de l'autre.

⁂

Ce n'était, hélas, qu'un plaisant interlude, un temps de calme et de sérénité, une période de paix fragile en attendant l'explosion inéluctable qui ne manquerait pas d'arriver un jour ou l'autre.

Elle se produisit à la fin de la troisième semaine.

Ils venaient juste de finir leur petit déjeuner sur la terrasse lorsque Roberts apparut, apportant le courrier du jour. Parmi les nombreuses lettres, deux portaient des timbres anglais.

Jos ouvrit la première et, à sa lecture, ses yeux s'allumèrent d'une joie sauvage et triomphante.

La deuxième, en provenance d'un cabinet de notaires, était adressée à *Mme* J. Saunders. Jos la tendit à Clare et, avec une certaine excitation mêlée d'appréhension, la jeune femme lut la page dactylographiée qui lui était destinée.

« Chère madame Saunders,

» Comme vous le savez, nous sommes en charge de l'administration des biens de sir Roger et de lady Berkeley. Aussi serions-nous très heureux de savoir si vous êtes toujours décidée à vendre Stratton Place, que vous ont légué vos parents.

» Vous avez chargé Ashleigh Kent de vous trouver d'éventuels acquéreurs, et plusieurs clients potentiels ont fait une offre. Bien que, comme nous vous l'avions fait remarquer avant votre départ pour les Etats-Unis, le marché de l'immobilier soit encore très morose en ce moment, la vente de la maison — au cas où vous seriez toujours décidée à vous en séparer — rapporterait la somme nécessaire à l'annulation définitive des dettes contractées par vos parents.

» En attendant vos instructions, veuillez croire, madame Saunders, à nos sentiments les plus respectueux.

York, Thomas & Wildgoose »

Clare releva la tête et rencontra les yeux vert océan fixés sur elle. Sans un mot, elle tendit la lettre à Jos. Quand il en eut terminé la lecture, elle demanda :

— Tu étais au courant, pour la maison ?

— Oui. Qu'as-tu l'intention de faire ?

Son cœur battant à grands coups dans sa poitrine, elle répondit :

— Que penses-tu que je doive faire ?

— Il faut que tu prennes la décision toi-même.

— La seule idée de me rendre en Angleterre me rend nerveuse.

— Tu prends un risque, c'est évident... Mais c'est à toi de décider. Cela dépend du désir que tu as de retrouver la mémoire.

Elle poussa un soupir.

— Je veux la retrouver. En fait, rien n'est plus important pour moi sauf...

Elle s'interrompit, retenant l'aveu qui lui montait aux lèvres. Jos se méprit sur son silence ; son visage perdit brusquement ses couleurs et il dit d'une voix glaciale :

— Sauf de recouvrer ta liberté et obtenir une pension confortable après le divorce, n'est-ce pas ?

Alors que, sidérée, la jeune femme secouait la tête, il poursuivit :

— Eh bien, sache que je ne t'accorderai ni l'un ni l'autre.

Avant qu'elle ait pu ouvrir la bouche pour s'expliquer, il se leva et lança :

— Si retrouver la mémoire revêt pour toi une telle importance, alors tu ne dois pas hésiter une seconde : vas-y !

Jetant sa serviette sur la table, il marcha vers la porte-fenêtre.

— Jos, attends, reviens... je voudrais te parler.

— Nous parlerons plus tard.

— Mais... où vas-tu ?

— J'ai des dispositions à prendre, des affaires à régler. Il faut que j'aille au bureau.

— Combien de temps seras-tu parti ?

— Je l'ignore. Sans doute une grande partie de la journée.

Il la quitta sans rien ajouter et sans l'embrasser. Assise à la table, Clare refoula les larmes qui lui montaient aux yeux. Le temps de la paix et de la sérénité était terminé.

9.

Le livre que lisait Clare lui parut sans intérêt. Sans Jos, la matinée se traînait lamentablement, et comme pour se mettre à l'unisson de ses pensées moroses, le temps avait viré à l'orage. De grosses gouttes de pluie tombaient sur la terrasse, tandis que le tonnerre grondait dans le lointain.

Clare déjeuna seule dans la cuisine qui, malgré sa modernité, lui semblait la pièce la plus chaleureuse du penthouse.

Le repas prestement expédié, elle jeta un regard à sa montre. Il était à peine 13 heures. L'après-midi serait encore plus mortel que la matinée, elle en était certaine.

Brusquement, Clare prit une décision : au lieu de tourner en rond comme un lion en cage dans le penthouse, elle irait faire du lèche-vitrine dans le centre commercial situé juste au pied de l'immeuble. Sans plus attendre, elle alla prendre son sac à main et une veste légère dans sa chambre, puis elle se dirigea vers le hall. Roberts l'y attendait, l'air gêné.

— Madame ne pense pas sortir par ce temps ! L'orage menace.

— Les orages ne me font pas peur ! affirma Clare d'une voix ferme. De toute façon, je ne serai pas dehors, je vais me promener dans le centre commercial.

De plus en plus mal à l'aise, Roberts lui barrait le chemin de la porte.

— Après ce qui est arrivé l'autre jour à Madame, M. Saunders ne souhaite pas que Madame se promène sans lui, dit-il.

Clare se mordit la lèvre. Ainsi, Jos avait donné à son majordome l'ordre de ne pas la laisser sortir ! Que se passerait-il si elle insistait ? Utiliserait-il la force pour la retenir ? Roberts était un homme agréable et courtois. Ne souhaitant pas le mettre dans une situation embarrassante, la jeune femme décida de changer ses projets.

— M. Saunders se fait du souci pour rien, lança-t-elle avec un sourire, mais afin de ne pas l'inquiéter, je vais rester à la maison.

Le majordome parut visiblement soulagé. Retirant sa veste, elle la lui tendit.

— Savez-vous jouer au poker, Roberts ? demanda-t-elle tout de go.

S'il parut surpris par sa question, l'interpellé n'en laissa rien paraître.

— Oui, Madame.

— Y a-t-il un jeu de cartes dans la maison ?

— Je pense que oui.

— Alors, allez le chercher et apportez-le dans la cuisine. Vous allez m'apprendre à jouer.

— Dans la cuisine, Madame ?

— Oui, dans la cuisine, Roberts. Oh, à propos, y a-t-il du bourbon ?

— Madame ne préférerait-elle pas une bouteille de bon vin ?

— Non, je pense que le bourbon sera beaucoup plus approprié !

Elle était assise à la table de la cuisine lorsque Roberts la rejoignit avec une bouteille de Jack Daniels, un paquet de cartes et un curieux sac plein de haricots secs.

Roberts ouvrit la bouteille de bourbon et servit un seul verre.

— Vous ne buvez pas, Roberts ? lui demanda Clare.

— Jamais pendant les heures de service, Madame.

— Alors, je vous donne congé pour cet après-midi. Servez-vous un verre. J'ai horreur de boire seule. Et maintenant, expliquez-moi les règles du jeu.

Roberts s'exécuta et Clare sut que, dans le passé, elle avait déjà joué au poker.

— A quoi servent les haricots secs ?

— J'ai pensé que Madame aimerait parier...

En fin d'après-midi, Jos n'était toujours pas rentré. Il ne rentra pas non plus pour le dîner, et Clare prit de nouveau son repas seule dans la cuisine. Puis elle se mit au lit, la rage au cœur. Si Jos pensait qu'il pouvait la traiter ainsi, il se trompait ! Où diable était-il ? Il ne pouvait encore se trouver au travail à cette heure...

L'espace d'un instant, l'image d'Andrea, la blonde sulfureuse, hanta son esprit, mais elle la repoussa. Non, Jos ne pouvait être entre les bras d'une autre femme !

Sa colère se transforma peu à peu en inquiétude. Et s'il lui était arrivé quelque chose de grave ? Heureusement, elle entendit bientôt la porte de l'entrée s'ouvrir et Jos échanger quelques mots avec Roberts. Puis, sans allumer la lumière, il pénétra dans la chambre et se dirigea vers la salle de bains. Quelques instants plus tard, elle entendit couler l'eau de la douche.

Quand il revint dans la chambre et se glissa sans bruit dans le lit, à côté d'elle, lui tournant le dos, elle crut qu'elle allait éclater en sanglots tant sa frustration était grande.

Certaine qu'elle ne pourrait trouver le sommeil et désireuse de ne pas voir une telle situation s'éterniser, elle s'assit dans le lit et alluma sa lampe de chevet. Puis, d'une voix qu'elle s'efforça de rendre la plus calme possible, elle lança :

— J'ai besoin de te parler, Jos.

Il se tourna vers elle et prit appui sur son coude, le visage tendu.

— Je ne suis pas d'humeur à converser. La journée a été rude et...

— Elle l'a été pour moi aussi, et c'est l'une des choses dont je veux discuter avec toi. Pour commencer, je tiens à ce que les choses soient claires : je n'ai pas l'intention de te quitter, je ne veux pas divorcer et je me fiche comme une guigne de ton argent !

Le visage de Jos resta de marbre.

— En revanche, continua-t-elle, je tiens beaucoup à conserver la liberté de mes mouvements. A l'avenir, je ne te laisserai pas me tenir enfermée dans cette maison comme une prisonnière !

Comme il demeurait silencieux, elle poursuivit, véhémente :

— Je refuse d'être traitée comme une personne irresponsable, un objet sexuel dont tu peux te servir quand bon te semble !

Ses mots finirent en une exclamation étouffée. Soudain réveillé de sa torpeur, Jos venait de rouler sur elle, l'écrasant de tout son poids.

— Tu seras traitée exactement comme je le veux, où et quand je le déciderai.

Elle se débattit comme un beau diable, le frappant de toutes ses forces, essayant de lui faire mal, mais il la maîtrisa sans peine. Ses yeux étincelaient de rage.

Clare aurait dû en être effrayée, mais la fureur qu'elle-même éprouvait valait bien celle de son partenaire, et toutes deux se transformèrent bientôt en une passion brûlante, dévorante. Ils n'étaient plus que désir. Jos s'empara avidement de sa bouche, glissa ses mains sous ses reins, la souleva pour mieux la pénétrer. Elle éprouva un plaisir immense à être ainsi possédée, pleinement, totalement. Un plaisir qui n'était pas seulement physique mais aussi émotionnel.

Emportés sur une vague déferlante, ils atteignirent ensemble le point culminant du plaisir.

Leurs sens apaisés, ils restèrent de longues minutes sans bouger, leurs deux cœurs battant à l'unisson et retrouvant peu à peu un rythme normal. Clare aurait voulu que cet instant dure toujours, mais Jos releva brusquement la tête.

— Ne pleure pas, Clare... je t'en supplie, ne pleure pas !

La jeune femme prit soudain conscience que des larmes roulaient sur ses joues. Jos les essuya du bout de ses doigts.

— Pardonne-moi, je suis un monstre ! Je ne voulais pas te faire mal...

— Mais tu ne m'as pas fait mal, au contraire ! le rassura-t-elle. C'était merveilleux.

Elle le gratifia d'un sourire lumineux.

— Peut-être devrais-je te mettre plus souvent en colère !

— Ne tente pas le diable !

Jos allongea sa main vers la lampe et éteignit la lumière puis, s'allongeant à côté d'elle, il l'attira contre lui. Clare posa sa tête sur son épaule et, d'une petite voix timide, elle demanda :

— Où es-tu allé, ce soir, Jos ?

— Oh... commencerais-tu à te comporter comme une épouse jalouse ?

— Je... je ne t'oblige pas à me le dire, bien entendu, mais...

Il poussa un soupir.

— Comment pourrais-je te résister ? Plus tôt dans la journée, je suis allé rendre visite au Dr Hauser. Je désirais lui parler de toi et de ton amnésie qui se prolonge. Il n'avait pas de solution, mais m'a suggéré de prendre conseil auprès d'un grand spécialiste, le Dr Paul Gregson. J'ai essayé en vain de joindre ce dernier tout l'après-midi. C'est semble-t-il un homme très occupé. J'ai finalement réussi à le contacter dans une clinique de West Side en fin de journée et l'ai invité à dîner. C'était la seule façon de pouvoir lui parler.

— Et alors ?

— Hélas, il n'a pas été d'un très grand secours, soupira-t-il. Les causes de l'amnésie sont multiples et complexes, m'a-t-il expliqué. L'une d'elles peut être un traumatisme psychologique. Il s'agit alors d'une sorte d'autodéfense. L'esprit se protège en occultant les souvenirs qui lui font mal.

Jos paraissait sincèrement soucieux.

— Il m'importait de savoir si le fait de recouvrer des souvenirs traumatisants représentait un quelconque danger pour toi. Il a hésité un instant avant de déclarer que, si tu voulais vraiment recouvrer la mémoire, je devais tout mettre en œuvre pour t'aider.

La déclaration du spécialiste ne semblait pas l'avoir rassuré et Clare se demanda quel terrible secret il ne lui avait pas encore révélé. Elle se pelotonna contre lui.

— C'est vraiment très gentil à toi de t'être donné autant de mal, Jos ! Mais je t'en supplie, à l'avenir, ne me laisse plus jamais seule aussi longtemps...

— Je n'oserai plus ! J'aurais bien trop peur de ce que je trouverais à mon retour à la maison. N'as-tu pas honte d'avoir détourné Roberts de son devoir en lui donnant un après-midi de congé, de l'avoir encouragé à boire du bourbon et à jouer au poker et, pis encore, de l'avoir blessé dans son orgueil ?

— Comment cela ?

— Roberts m'a expliqué que tu lui avais gagné tous ses haricots !

Clare ne parvenait pas à trouver le sommeil et était consciente qu'à côté d'elle Jos éprouvait les mêmes difficultés.

Bien qu'en surface les choses semblent aller pour le mieux entre eux, la jeune femme percevait intuitivement que le calme des semaines précédentes venait de prendre fin. Les lettres en provenance d'Angleterre avaient incontestablement perturbé le fragile bonheur dans lequel ils s'étaient peu à peu installés.

Elle finit par s'endormir, bien après minuit. Au matin, elle se réveilla très tôt, mais trouva Jos déjà habillé et ayant pris son petit déjeuner. Vêtu d'un élégant costume en tissu léger et d'une chemise de soie, il se tenait devant le miroir, occupé à faire le nœud de sa cravate. Son visage reflétait toujours la même anxiété.

Clare s'assit dans le lit et son regard croisa celui de son mari dans le miroir. Elle lui sourit, mais ne reçut aucun sourire en retour. Elle tenta de détendre l'atmosphère.

— Hum, vous faites très homme d'affaires ce matin, monsieur Saunders. Vous rendez-vous à votre bureau ?

— Pour quelques minutes seulement. J'ai deux ou trois choses à régler avant que nous prenions l'avion.

— Oh... nous partons aujourd'hui pour l'Angleterre ?

— Oui. J'ai réservé deux places sur le Concorde. J'aurais dû te l'annoncer hier soir, mais je n'ai pas voulu que tu t'angoisses trop longtemps à l'avance.

Il se tourna vers elle.

— Je pense qu'il ne sert à rien d'attendre plus longtemps, Clare. C'est en Angleterre que tu as le plus de chance de retrouver la mémoire.

Elle hocha la tête.

— Je suis d'accord.

— J'aurais pu réserver une chambre à l'hôtel, mais j'ai pensé que nous pourrions utiliser la maison que tu habitais. Le loyer est payé pour trois mois encore. Certaines de tes affaires, que tu hésitais à faire venir à New York, s'y trouvent toujours.

— Ai-je gardé les clés ?

— Elles sont restées chez Mme Carter, la voisine et la nièce du propriétaire. Je vais prendre contact avec elle et lui annoncer notre arrivée.

— Tu penses que retourner à l'endroit où j'habitais peut me faire retrouver la mémoire ?

— C'est possible.

Il faisait un effort pour se montrer rassurant, mais Clare eut la nette impression que la perspective qu'elle recouvrât la mémoire lui procurait une angoisse certaine. Mais pourquoi, grands dieux ? Pourquoi ?

Le vol sur le merveilleux et gracieux oiseau de métal se déroula sans incident. Immergé dans ses pensées, Jos ne parla guère et pendant presque toute la durée du voyage, le silence s'établit entre eux, épais comme une plaque de verre.

Les formalités accomplies, ils prirent place dans la voiture louée à leur intention et, quittant le bruyant aéroport, gagnèrent Meredith par une route paisible à travers la campagne verdoyante.

Ils avaient laissé le temps gris et maussade de l'autre côté de l'Atlantique. La soirée s'annonçait calme et légèrement brumeuse. Le crépuscule tomba alors qu'ils étaient en vue du vieux village, miraculeusement préservé de la fureur du modernisme.

Jos lui indiqua Lamb Cottage, l'une des maisons en pierre d'une rangée de six, qui faisait face au terrain de golf et à l'étang aux canards. C'était là qu'elle habitait, précisa-t-il. Au bout de l'allée, une place ronde et pavée, ombragée d'arbres, servait de parking.

Jos frappa à la porte de la maison et une petite femme tout en rondeurs et le visage avenant vint ouvrir. Elle lui tendit deux trousseaux de clés.

— Je vous les confie tous les deux au cas où vous en

auriez besoin, dit-elle. J'ai aéré, fait le lit, allumé le chauffe-eau et acheté ce que vous m'avez demandé.

Jos la remercia. Elle lui sourit, puis reporta son regard sur Clare.

— Heureuse de vous revoir, mademoiselle Berkeley... euh non, pardon, madame Saunders. Comment c'était, là-bas ? Vous avez aimé New York ?

Respirant à pleins poumons le parfum des roses et du chèvrefeuille, Clare sourit à Mme Carter, dont elle ne conservait pas le moindre souvenir.

— Oui, beaucoup.

— La vie, là-bas, n'a rien à voir avec celle de notre vieux village, n'est-ce pas ?

— En effet.

— Je me suis toujours demandé ce que l'on pouvait ressentir à vivre dans un gratte-ciel...

Clare se demandait quant à elle comment elle allait pouvoir échapper à l'envie évidente de bavarder de sa voisine lorsque Jos, qui venait d'ouvrir la porte, vint à son secours.

— Chérie, peux-tu nous préparer une tasse de café pendant que je gare la voiture et rentre les bagages ?

Clare prit congé de Mme Carter sans plus tarder.

La petite maison avait deux pièces au rez-de-chaussée et deux à l'étage. Avec ses vieilles poutres, sa cheminée et ses meubles cirés, patinés par le temps, elle possédait un charme certain, mais ne réveillait, hélas, aucun souvenir dans la mémoire de la jeune femme.

Elle trouva la cafetière dans la cuisine, brancha la bouilloire et monta les escaliers, dont chaque marche craquait sous ses pas. Le lit de la première chambre, au parquet ciré, au tapis fané et aux rideaux de cretonne fleurie assortis au couvre-lit, avait été préparé et, dans la salle de bains, le chauffe-eau était allumé.

Epuisée par le manque de sommeil de la nuit précédente et par la traversée en avion, Clare n'avait plus qu'un désir :

se mettre au lit, lorsque Jos apparut à la porte avec leurs bagages. Il scruta longuement son visage.

— Aucun souvenir ? s'enquit-il, la voix tendue.

— Aucun. C'est comme si je n'étais jamais venue ici. Je pense que je vais me mettre au lit sans plus tarder. Je suis épuisée.

— Désires-tu manger ou boire quelque chose ?

— Non. Merci.

— Très bien.

Sa toilette achevée, Clare se mit au lit, et Jos la rejoignit peu après. Malgré la fatigue, Clare ne parvenait pas à trouver le sommeil. Elle pensait à ses parents et à cette maison qu'ils lui avaient léguée. Stratton Place parviendrait-elle à éveiller ses souvenirs ? Pour l'instant, ce n'était qu'un nom, pour elle...

Elle se tourna vers Jos allongé à côté d'elle. Le visage de celui-ci, fermé, impénétrable, n'incitait guère à la conversation. Elle lui demanda cependant :

— Jos, est-ce que tu connais bien Stratton Place ? Est-ce que tu y venais lorsque tu étais enfant ?

— Oui, très souvent. J'ai même failli habiter là.

— S'il te plaît, Jos, raconte-moi...

Il y eut un long silence, comme si Jos pesait le pour et le contre. Enfin, il se décida à parler.

— Après la mort de mon père, ton père à toi qui, jusqu'alors, était resté dans l'ombre, a montré beaucoup de compassion pour l'orphelin que j'étais devenu. Tandis que les hommes de loi tentaient de mettre de l'ordre dans l'incroyable capharnaüm légué par mes parents, il m'a invité à habiter à Stratton Place. Quand il est devenu évident que mes parents n'avaient laissé que des dettes et qu'il allait falloir me trouver un foyer, ta mère a suggéré que je reste avec vous, et ton père a accepté...

— Mais alors, pourquoi n'as-tu pas vécu avec nous ?

— Ils t'ont alors consultée, Clare. Ils t'ont demandé ce

que tu pensais à l'idée d'avoir un grand frère. Ta réponse a été on ne peut plus catégorique : « Non, je ne veux pas de lui ici ! » Comme ils insistaient, tu t'es écriée : « Je ne veux pas qu'il vive avec nous ! Jamais ! Je le déteste ! Je le déteste ! »

— Seigneur, s'exclama Clare, horrifiée. Comment ai-je pu me conduire ainsi ? Je comprends maintenant pourquoi, lorsque nous étions aux chutes du Niagara, tu as déclaré que j'étais une peste cruelle et sans cœur. Mais pourquoi ont-ils tenu compte de mon avis ? Je n'avais que huit ans !

— Tu étais si catégorique ! Tu as même fait une véritable crise de nerfs à l'idée que je pouvais m'installer définitivement dans ta famille. Mais tout était ma faute.

— Ta faute ?

— Oui, car je n'avais pas toujours été tendre avec toi. Tu n'étais pour moi qu'une petite prétentieuse. Je détestais tes airs de supériorité. Durant les vacances scolaires, à l'insu de nos parents respectifs, j'avais pris l'habitude de faire de toi mon souffre-douleur, prenant un malin plaisir à te faire pleurer.

— Réussissais-tu ?

— Non. Tu faisais déjà preuve d'une étonnante force de caractère. Lorsque je te tourmentais, tu te contentais de me fixer de tes immenses yeux violets, et j'avais alors honte de ma conduite. Tu acceptais mes assauts sans broncher, et jamais tu ne m'as dénoncé à nos parents. Je commençais à changer d'opinion sur toi, à te trouver sympathique, lorsque tu as fait une chose impardonnable.

Il s'arrêta comme s'il hésitait à poursuivre. Comprenant que le pire restait à venir, elle demanda d'une voix blanche :

— Qu'est-ce que j'ai fait de si terrible ?

— Lorsque ma mère est morte, tu t'es mise à rire...

Comme si elle venait de recevoir un coup de poing en pleine face, Clare demeura sans voix, atterrée.

— Ton rire me rendit fou. Je me suis précipité sur toi et t'ai frappé de toutes mes forces. Tu es tombée à terre. Il n'est donc pas étonnant que tu aies refusé par la suite que je devienne ton frère.

— Mais... mais comment ai-je pu être aussi cruelle ? Comment ai-je pu rire en apprenant la mort de ta mère ?

— Je comprends aujourd'hui que tu n'étais alors qu'une enfant et que le choc a pu te rendre hystérique...

Il avait du mal à trouver ses mots. Il ne lui disait pas toute la vérité. Il lui cachait encore quelque chose, elle le savait.

— Que s'est-il passé après que tu m'as frappée ?

— Tu t'es relevée sans un mot. Tu étais aussi blanche qu'une morte. Je pouvais voir les traces de mes coups sur ton visage. Tu n'as pas pleuré. Et lorsque, plus tard, ta mère t'a demandé ce qui t'était arrivé, tu as déclaré que tu étais tombée.

Clare s'assit dans le lit et porta ses mains à ses tempes en poussant un sourd gémissement.

— Que se passe-t-il, Clare ? demanda Jos, aussitôt inquiet. Les souvenirs te reviennent-ils ?

— Non, hélas !

Et pourtant, ils n'étaient pas loin de revenir, elle le sentait confusément ; mais une barrière restait encore à franchir.

— Il faut que je me souvienne, Jos ! Il le faut absolument !

— Le médecin a dit de ne rien brusquer, Clare, que la mémoire devait te revenir naturellement.

Elle réprima un sanglot. Rien n'était pire que de ne pas savoir !

Jos posa sa main sur son bras, ses doigts se refermant avec violence autour de sa chair.

— Clare, tu ne te sens pas bien ? Veux-tu que j'appelle un médecin ?

— Non, non, tout va bien. Juste un peu de fatigue.

Mais elle lui fut infiniment reconnaissante lorsque, au lieu de la libérer, il l'attira contre lui, l'entourant de ses bras protecteurs et la berçant jusqu'à ce qu'elle finisse par s'endormir.

Le lendemain matin, lorsqu'elle ouvrit les yeux, le soleil inondait la pièce, et Jos se tenait debout devant elle, le plateau du petit déjeuner à la main. Il était habillé d'un pantalon de toile et d'un polo, et s'était rasé.

— Que fais-tu debout à l'aube? demanda-t-elle en se frottant les yeux.

— A l'aube? Il est plus de 10 heures! Je suis allé chercher les clés de Stratton Place et de Foxton Priory.

— Ton ancienne maison!

Il s'assit sur le lit, à côté d'elle.

— Après la mort de mes parents, elle a dû être vendue. Comme je te l'ai dit, elle était dans ma famille depuis des générations. Aussi je me suis juré que je la rachèterais dès que j'aurais assez d'argent. Hélas, quand ce moment est arrivé, les nouveaux propriétaires ont refusé de la vendre. J'ai cependant obtenu d'eux la promesse qu'ils me feraient savoir en priorité si un jour ils changeaient d'avis. C'est ce qui s'est passé il y a trois mois.

Il lui adressa un sourire.

— Ashleigh Kent était chargé de la vente. J'ai annoncé mon arrivée, et ai demandé que tu me serves de guide.

Clare frissonna. Une sorte d'intuition lui soufflait que la visite de Foxton Priory pourrait bien être décisive dans sa quête du passé.

Percevant sa réaction, Jos demanda :

— Es-tu bien certaine de vouloir m'accompagner?

— Absolument certaine.

— Alors, dépêche-toi de manger tes toasts et partons!

*
**

Moins d'une demi-heure plus tard, ils remontaient l'allée d'un magnifique jardin jusqu'au charmant manoir du XVIIe siècle construit en pierres de taille.

Clare n'avait aucun souvenir d'être jamais venue là.

Répondant au regard interrogateur de Jos, elle secoua négativement la tête.

— Je pensais que ce serait beaucoup plus grand que ça, énonça-t-elle d'une toute petite voix. Il semble vide...

— Il l'est. Les anciens propriétaires sont partis s'installer à l'étranger.

Elle plissa le front.

— Je suis surprise qu'on ne nous ait pas fourni une escorte pour visiter.

— Ce n'était pas nécessaire. Le manoir m'appartient, désormais. J'en ai reçu la confirmation le jour où tu as toi-même reçu la lettre du notaire pour Stratton Place.

Clare revit l'expression de triomphe qu'il avait eue ce jour-là à la lecture de son courrier. De toute évidence, le rachat du manoir avait signifié beaucoup pour lui.

— Comptes-tu t'y installer ?

— C'était mon intention, mais tu as désormais ton mot à dire.

Clare frissonna. Y avait-il, attaché à ce manoir, un terrible secret qui lui rendrait peut-être la mémoire mais la détruirait à jamais ?

Jos sauta de la voiture et se précipita de son côté pour l'aider à sortir. La main sous son coude, il lui fit traverser la cour pavée et monter l'escalier jusqu'à la porte de bois sculptée. Tandis qu'il sortait le trousseau de clés et ouvrait les différentes serrures de sécurité, la jeune femme retint sa respiration.

La porte s'ouvrit, et ils pénétrèrent dans le hall aux boiseries patinées par le temps. Un élégant escalier en fer à cheval conduisait au premier étage. Deux immenses fenêtres conféraient à l'ensemble une grande luminosité.

Si elle était souvent venue ici, Clare n'en gardait aucun souvenir. Aucune tragédie ne pouvait s'être déroulée dans cette maison ; la jeune femme s'y sentait spontanément bien. L'endroit était accueillant, chaleureux. Elle se tourna vers Jos, dont le visage tendu trahissait l'inquiétude, et lui sourit, rassurante.

— Tout va bien ? demanda-t-il.

A la fois soulagée et frustrée, elle répondit :

— Je n'ai aucun souvenir. Ce n'est pas ce que j'attendais ou, plutôt... ce n'est pas ce que mon subconscient attendait.

— Qu'attendait-il ?

— Je ne sais pas. Quelque chose d'effrayant !

Au fur et à mesure qu'ils avançaient à travers les pièces du manoir, l'impression de calme et d'harmonie dégagée dès le premier abord par la maison se confirmait. De toute évidence, certaines concessions avaient été faites au modernisme, mais le mélange entre passé et présent était des plus réussi.

Il n'était pas étonnant que Jos aimât cet endroit et désirât le conserver dans la famille. Et si, en tant que fils unique et mal aimé, il n'y avait guère été heureux, cette maison était faite pour vibrer au son de rires d'enfants.

Cette pensée remplit la jeune femme d'une vive émotion.

Leur visite accomplie, Jos referma la lourde porte à clé sans prononcer un mot, puis il reconduisit Clare jusqu'à la voiture.

Lorsqu'ils furent tous deux installés, leur ceinture de sécurité bouclée, Jos jeta un regard à sa montre et suggéra :

— Il est l'heure de déjeuner. Allons manger et laissons la visite de Stratton Place pour cet après-midi.

Mais, poussée par une sorte d'intuition, Clare secoua la tête.

— Non, je préférerais y aller tout de suite, si cela ne te dérange pas.

Jos hésita une seconde, puis finit par répondre :

— Comme tu veux !

Pourquoi avait-il hésité ? De nouveau, l'angoisse serra le cœur de Clare. La clé de son passé se situait-elle à Stratton Place ?

La maison n'était distante du manoir que de un kilomètre à peine. Elle était, elle aussi, en pierre de taille, mais d'un style plus ancien. Elle avait sans doute été construite à la fin du XVIe siècle. Elle se composait de trois étages et possédait un escalier qui conduisait à une entrée en forme de portique.

Jos fit le tour de la voiture pour ouvrir la portière à Clare.

Ainsi, cette demeure était la maison où elle avait passé son enfance... Elle n'en avait aucun souvenir. Pourtant, elle lui semblait vaguement familière, comme si elle avait vu sa photo dans un magazine.

Elle était construite sur une déclivité du terrain, et les pièces du bas donnaient toutes sur la pelouse et le jardin. Celles du haut devaient posséder une vue panoramique sur la campagne environnante.

Jos sortit un second trousseau de clés, ouvrit la porte et s'effaça pour laisser passer sa compagne.

Persuadée que finalement tout cela ne servait à rien, que sa mémoire — cette partie essentielle d'elle-même — était effacée à tout jamais, Clare pénétra d'un pas ferme et décidé dans la maison.

10.

Clare se retrouva face à un vaste hall rectangulaire, à l'architecture inhabituelle, qui s'élevait vers le haut, jusqu'au toit. Un escalier desservait les étages supérieurs, et sur trois côtés, entourant le hall, et sur les deux étages courait une galerie sur laquelle donnaient les portes des différentes chambres. Sur le quatrième mur, des fenêtres étroites laissaient filtrer le soleil, qui inondait de ses rayons les dalles en marbre du sol.

Clare leva la tête vers la balustrade des galeries et, brusquement, tout se mit à tourner autour d'elle. Prise d'une soudaine nausée, elle se couvrit le visage de ses mains mais, comme si un film se déroulait à l'intérieur de sa tête, elle vit une femme grande, mince, à la longue chevelure brune, sortir précipitamment d'une des chambres du deuxième étage et, passant par-dessus la balustrade, basculer, tomber et s'écraser sur les dalles du hall, aux pieds de l'enfant qu'elle était alors.

Clare poussa un cri et s'évanouit.

Quand elle revint à elle, elle était allongée sur le siège du passager, avec la portière grande ouverte et Jos, penché sur elle, massait vigoureusement ses mains glacées.

Clare redressa la tête. Lorsqu'elle parla, elle reconnut à peine sa propre voix.

— On nous avait dit de rester dans la salle de jeux, ce

jour-là, mais tu n'étais pas d'accord, affirmant que nous n'étions plus des bébés. Nous nous tenions tous les deux dans le hall et nous avons vu ta mère tomber. C'est alors que j'ai ri et que tu m'as frappée...

Jos approuva de la tête et serra plus fort encore ses mains dans les siennes.

— N'essaie plus de te souvenir, Clare, repose-toi.

— Je n'ai plus aucun effort à faire...

Elle vit l'angoisse au fond des yeux de son interlocuteur.

— Tout va bien, Jos ! Rien ne pouvait être pire que de ne pas savoir.

Approchant ses mains de ses lèvres, il y déposa un baiser.

— J'admire ton courage et ta force, Clare, mais que penserais-tu d'un verre de cognac ?

Elle esquissa un sourire.

— C'est exactement ce qu'il me faut.

Jos s'empressa de fermer la porte et, un instant plus tard, il se glissait derrière le volant, attachait sa ceinture et démarrait. Puis, tout en lançant de temps à autre un regard à sa compagne pour s'assurer qu'elle allait bien, il conduisit en silence jusqu'au parking de l'hôtel-restaurant du village.

Les touristes avaient envahi la terrasse. Aussi s'installèrent-ils à l'intérieur, dans un coin isolé et tranquille. Jos se dirigea aussitôt vers le bar et revint avec un double cognac pour elle et une pinte de bière pour lui.

Lançant un regard au verre plein à ras bord, Clare lança :

— Si je bois tout cela sans avoir rien mangé, nul doute que tu seras obligé de me porter jusqu'à la voiture une fois encore !

Jos sourit comme elle l'avait espéré et répliqua :

— J'ai commandé des sandwichs.

Ceux-ci arrivèrent quelques minutes plus tard. Ils mangèrent en silence, Jos perdu dans ses pensées et Clare avec un appétit dont elle ne se serait pas cru capable.

Alors qu'ils buvaient leur café, Jos remarqua :

— Tes joues reprennent leurs couleurs. Tu sembles aller mieux.

— Beaucoup mieux. Je suis soulagée d'avoir enfin retrouvé mes souvenirs, même s'ils sont horribles.

Elle s'interrompit un instant avant de demander d'une toute petite voix :

— Jos... pourquoi ta mère s'est-elle suicidée dans notre maison ?

— Te souviens-tu de quelle pièce elle venait ?

— Oui... Ma mère avait transformé deux pièces du dernier étage en salon-bureau. Elle aimait la vue panoramique qu'elle obtenait de là-haut ainsi que l'assurance de ne jamais y être dérangée. Elle passait dans cet endroit de longues heures solitaires, à écrire. Mais pourquoi ta mère...

— Je suppose qu'elle est venue supplier Isobel de rompre sa liaison avec mon père. Devant son refus, incapable de vivre plus longtemps avec son terrible chagrin, sans doute a-t-elle décidé d'en finir au plus vite.

— Es... es-tu certain qu'elle se soit vraiment suicidée ? Je veux dire... cela aurait pu être un accident !

— C'est ce que tout le monde a dit mais, moi, je sais qu'ils se trompent.

Clare porta les mains à ses tempes. Elle revoyait la scène aussi clairement que si elle se déroulait de nouveau devant ses yeux.

— Je n'en suis pas si sûre, Jos. Je la vois qui s'avance. La balustrade était beaucoup trop basse. Elle n'était qu'à la hauteur des genoux. Elle trébuche, elle bascule, elle...

— La balustrade était à hauteur de la taille.

— Certainement pas ! Elle était à la hauteur des genoux ! Jos, c'était un accident !

— Un suicide ! répéta-t-il, buté. Mais c'est sans conteste cet événement dont ta mémoire refusait de se souvenir...

Clare hocha la tête.

— Après cette terrible journée, cette maison m'a fait horreur. Pendant des nuits et des nuits, j'ai fait de terribles cauchemars. Contrairement à ce que tu crois, je t'avais idéalisé, tu étais mon dieu, mon héros. Mais à partir de ce jour-là, je n'ai plus pu supporter ta présence. Tu me rappelais trop ce drame qui m'obsédait. C'est pourquoi je me suis comportée comme je l'ai fait. Je devais te fuir à tout prix. Devant mon attitude frisant l'hystérie, mes parents ont été obligés de refuser de te garder avec eux. Lorsque, plus tard, j'ai réalisé les conséquences de mon attitude, j'ai été terrassée par les remords — mais il était trop tard, nous avions perdu ta trace.

Elle dut s'interrompre pour reprendre sa respiration, mais poursuivit aussitôt :

— Mes parents ne se sont pas débarrassés de moi en me mettant en pension, comme tu sembles le croire. C'est moi qui les ai suppliés de m'y envoyer. Je ne pouvais continuer à vivre dans cette maison. Même durant les vacances, je m'arrangeais pour ne jamais y revenir, mes parents ayant un appartement à Londres. Petit à petit, j'ai réussi à effacer l'horrible scène de ma mémoire, ou tout au moins à l'enfouir au plus profond de mon subconscient. Quand est arrivé le moment de quitter l'école, j'étais prête à chercher un travail à Londres lorsque Graham Ashleigh m'a proposé de travailler avec lui et m'a trouvé une maison à louer.

— Un monsieur très serviable ! commenta Jos d'un air pincé.

— Graham était un ami de la famille ! expliqua la jeune femme piquée au vif.

— Tout prêt à devenir beaucoup plus que cela, je puis

te l'assurer ! Même s'il est veuf et beaucoup plus âgé que toi.

— Il n'a que quatre ans de plus que toi, l'informa-t-elle, malicieuse.

— Serais-tu devenue la seconde Mme Ashleigh, si je n'étais intervenu ?

— Je ne sais pas, répondit-elle en toute honnêteté. Peut-être. Nous sortions souvent ensemble et nous nous entendions bien. Je pense qu'une grande amitié nous unissait.

— Une amitié ! Cet homme est amoureux de toi, cela crève les yeux ! Il suffit de voir comment il te regarde.

Jos était jaloux ! Cela lui fit chaud au cœur. Mais qu'il fût jaloux ne signifiait rien, hélas, sinon qu'il était de nature possessive.

Soudain, Clare ne put réprimer un bâillement.

— Il est temps de rentrer à la maison, dit Jos. Tu es épuisée et tu dois te mettre au lit.

— Mais il est à peine 14 h 30 ! protesta-t-elle en étouffant un nouveau bâillement.

— Allons, viens ! Tu viens de subir un choc terrible et...

— Je pense plutôt que j'ai bu trop de cognac !

Quelle que fût la cause de sa fatigue, une demi-heure plus tard, Clare se glissait voluptueusement entre les draps, consciente que le sommeil la gagnait. Jos tira les rideaux de la fenêtre et se pencha pour déposer un baiser sur ses lèvres.

— Essaie de dormir, recommanda-t-il.

L'espace d'un instant, ce baiser ainsi que son évidente sollicitude lui redonnèrent de l'espoir quant à leur avenir. Mais quelle chance avaient-ils de trouver le bonheur tant qu'il croirait qu'Isobel était responsable du suicide de sa mère ?

Mais était-ce vraiment un suicide ? Au plus profond d'elle-même, elle avait la certitude que cette terrible chute n'était pas volontaire mais accidentelle. En une fraction de seconde, elle revécut la scène. La mère de Jos qui courait, qui trébuchait... la balustrade trop basse... Trop basse ! Jos affirmait qu'elle était à hauteur de la taille. Il se trompait. Elle était à hauteur des genoux, elle en était certaine. Sa mémoire, cette fois, ne pouvait la tromper. Il fallait le convaincre... Ses paupières devenues trop lourdes se fermèrent. Elle ne lutta plus et sombra dans un profond sommeil.

Jos la regarda dormir avec, dans son regard, une telle expression de tendresse que le cœur de Clare aurait fondu si elle avait pu la voir. Il caressa doucement la joue de la jeune femme du bout de ses doigts et, sans faire de bruit, quitta la chambre.

Clare s'éveilla l'esprit étrangement clair et lucide. Un regard à sa montre lui indiqua qu'elle avait dormi plus de deux heures.

Pendant son sommeil, son subconscient n'était pas resté inactif. Elle savait désormais très exactement ce qu'elle devait faire. Sautant en bas du lit, elle s'habilla, mit ses chaussures, descendit au rez-de-chaussée et n'y trouva nulle trace de Jos. Ouvrant la porte, elle inspecta le parking ; la voiture de location ne s'y trouvait plus.

Jos était parti, laissant le trousseau de clés des deux maisons sur la table ainsi que le double des clés de Lamb Cottage. Elle s'empara de ce dernier ainsi que du trousseau de Stratton Place, puis se rendit devant la maison de George Hammet, le chauffeur de taxi. Hélas, celui-ci ne s'y trouvait pas. Il devait avoir été réquisitionné par un client.

La jeune femme se demandait si elle aurait le courage

de faire, à pied, les trois kilomètres qui la séparaient de Stratton Place lorsque la solution lui vint naturellement à l'esprit. Elle allait demander à Graham de lui prêter une des deux voitures de l'agence !

Elle traversa la pelouse du golf, respirant à pleins poumons l'odeur de l'herbe fraîchement tondue, remonta la rue Yeoman, poussa la porte de l'agence et faillit entrer en collision avec Graham qui en sortait. Celui-ci, vêtu comme d'habitude d'un costume gris à la coupe impeccable, était aussi grand que Jos mais peut-être encore plus impressionnant. Il avait fait partie d'une équipe de rugby dans son jeune âge.

— Clare ! s'exclama-t-il, le visage soudain rayonnant. Quelle joie de vous revoir !

Puis il ajouta, navré :

— Oh, ça n'est vraiment pas de chance. Je dois me rendre à un rendez-vous urgent.

— Ce n'est pas grave, Graham, dit-elle en le gratifiant à son tour d'un chaleureux sourire. Je venais juste vous demander si je pouvais emprunter une des voitures de l'agence pour une heure ou deux. Jos est parti avec celle que nous avons louée.

— Je suis désolé, Clare, mais les deux voitures sont sorties. Où vouliez-vous vous rendre ?

— A Stratton Place. Je... j'y suis allée ce matin, mais j'ai besoin d'y retourner.

Le visage de Graham s'éclaira d'un sourire heureux.

— C'est sur mon chemin. Je peux sans problème vous déposer en passant et vous reprendre au retour. Est-ce que cela vous va ?

— C'est parfait !

Alors que la Jaguar atteignait la sortie du village, Graham se tourna vers Clare et demanda, inquisiteur :

— Est-ce que tout va bien, Clare ? Je veux dire... est-ce qu'entre vous et Saunders... Vous l'aimez, n'est-ce pas ?

— Tout va bien, Graham et... oui, je l'aime.

— Je sais, je n'aurais pas dû vous poser cette question mais... vous n'avez pas très bonne mine ! On dirait que quelque chose vous tracasse.

— Non, tout va bien, Graham, je vous assure ! le rassura Clare tout en s'empressant de changer de sujet. Comment vont les affaires ?

— Cela pourrait être pire. Les acheteurs ne sont pas légion, mais j'ai quelques offres pour Stratton Place. Et un contrat pourra être signé aussitôt que vous aurez décidé de ce que vous voulez faire des meubles.

Ils arrivaient devant le perron. Soucieuse de ne pas le mettre en retard, Clare descendit précipitamment de la voiture.

— Je vais réfléchir, dit-elle.

— Je vous reprends ici même dans une heure.

A peine avait-elle refermé la portière que la Jaguar accélérait et disparaissait à sa vue. Elle était seule.

Luttant contre l'angoisse qui la submergeait, Clare ouvrit la porte et pénétra dans le hall. A son immense soulagement, aucun fantôme ne l'y attendait. De toute évidence, le fait de les avoir affrontés le matin même avait suffi pour les chasser. La maison lui apparut telle qu'elle était : calme, tranquille, ensoleillée. Elle eut alors le courage de lever les yeux vers les galeries supérieures.

Jos avait raison ; elles arrivaient à la hauteur de la taille. Cependant, la conviction qu'elles avaient été à la hauteur des genoux était si forte que son esprit refusait l'évidence qui se présentait à ses yeux.

Avec cette hauteur de balustrade, les chances que la chute ait été accidentelle devenaient infimes.

Le bruit de ses pas résonnant dans la maison vide, Clare gravit les escaliers jusqu'à la seconde galerie et se dirigea vers la porte qui menait dans le salon-bureau de sa mère.

La pièce était spacieuse et confortable, et ne contenait que des meubles rares et anciens. Entre les deux fenêtres donnant sur la campagne se trouvait un bureau, et Clare eut la soudaine vision de sa mère, toute de bleu vêtue, assise en train d'écrire. Elle-même ne devait pas avoir plus de quatre ans, et la nurse l'avait conduite dans la pièce pour qu'elle dise bonsoir avant d'aller au lit.

— Qu'écrivez-vous, maman ? avait-elle demandé de sa petite voix d'enfant.

— Mon journal intime, ma chérie. Tous les jours, j'écris ce qui arrive afin de ne jamais l'oublier.

Assise à ce même bureau, Clare se remémora sa mère. Elles n'avaient jamais été très proches l'une de l'autre, mais Clare restait persuadée que même si Isobel avait été faible et amorale, elle n'avait jamais cherché à faire mal à qui que ce fût.

Obéissant à une soudaine impulsion, Clare ouvrit les tiroirs du bureau, cherchant quelque chose, n'importe quoi, qui pourrait conforter cette certitude.

Le premier tiroir ne contenait que des lettres et des papiers personnels, le deuxième, des reçus et des factures. Dans le troisième se trouvait toute une série de cahiers reliés de cuir.

Les journaux intimes d'Isobel ! Qui, mieux qu'un journal intime, pouvait révéler le vrai caractère d'une personne ? Les mains tremblantes, Clare prit les cahiers dans le tiroir et trouva celui de l'année qui l'intéressait. Sans se douter du choc qui l'attendait, elle s'assit dans le fauteuil et se plongea dans la lecture.

Elle parvenait aux dernières pages lorsque le Klaxon d'une voiture lui fit brusquement reprendre pied dans la réalité. Se précipitant à la fenêtre, elle aperçut Graham au volant de la Jaguar qui l'attendait. Elle prit le journal intime, le mit dans son sac, puis marcha le long de la galerie — prenant grand soin de ne pas regarder vers le vide — et descendit les escaliers, la main tenant fermement la rampe. Elle était bouleversée, au bord de la nausée, et son cœur battait à grands coups dans sa poitrine.

Dès qu'elle apparut, Graham se précipita pour lui ouvrir la portière.

— J'espère que je ne vous presse pas trop. J'ai un autre rendez-vous et...

Il s'interrompit brusquement à la vue de son visage cadavérique.

— Seigneur, Clare, ça ne va pas ! Vous êtes si pâle !

— Je... je pense que je vais avoir la grippe..., balbutia-t-elle. Je vais rentrer m'allonger.

Une fois assise dans la voiture, incapable de soutenir une conversation, elle se recroquevilla dans le siège et ferma les yeux.

Lorsqu'ils atteignirent Lamb Cottage, la voiture de location n'était pas au parking.

— Jos n'est pas rentré, dit Clare.

Graham fronça les sourcils et, de toute évidence réticent à l'idée de la laisser seule dans son état, proposa spontanément :

— Je vous accompagne.

Elle ne protesta pas, le laissa passer un bras autour de sa taille, lui prendre les clés pour ouvrir la porte et se laissa guider jusqu'à l'intérieur de la maison.

— Montez vous allonger, Clare, et laissez-moi vous préparer une tasse de thé avant de repartir.

Comme il était bon de se faire prendre en charge par le gentil, sécurisant Graham, l'ami de toujours ! Clare s'assit dans le fauteuil et se mit en devoir d'ôter ses chaussures. Par la porte restée entrouverte, des senteurs de roses pénétraient jusqu'à elle. Graham ressortit de la cuisine et vint vers elle.

— J'ai mis l'eau à chauffer. Désirez-vous un cachet d'aspirine ?

— Non, merci, Graham.

Elle se leva et, spontanément, lui déposa un baiser sur la joue. Mais elle s'était levée trop brutalement. La tête lui tournait. Elle vacilla et serait tombée si Graham ne l'avait retenue. Graham la souleva dans ses bras.

— Voulez-vous que je vous porte jusqu'à votre chambre, Clare ?

— Non, elle ne veut pas, Ashleigh. Ou plus exactement peut-être le voudrait-elle, mais je ne vous laisserai pas faire.

— Jos ! s'exclama Clare.

Graham la remit aussitôt sur ses pieds.

Immense et imposant, Jos se tenait dans l'encadrement de la porte, ses yeux verts lançant des éclairs.

Consciente que son attitude et celle de Graham pouvaient porter à confusion, Clare bredouilla lamentablement :

— Je... je ne t'ai pas entendu arriver.

— Cela me semble évident ! rétorqua-t-il, glacial.

Se tournant vers Graham, il ordonna :

— Sortez d'ici et ne vous approchez plus jamais de ma femme, sinon je vous étrangle.

L'ancien rugbyman n'était pas homme à se laisser impressionner.

— Attendez une minute, Saunders. Rien ne vous autorise à me parler sur ce ton ! Les apparences peuvent être trompeuses, mais je vous assure que jamais...

Jos marcha vers Graham, une lueur meurtrière au fond des yeux. Clare s'interposa entre les deux hommes.

— Jos, je t'en supplie, ne fais rien que tu pourrais regretter...

Comprenant soudain son impuissance à empêcher les deux hommes de se battre, elle porta soudain la main à son front et, poussant un gémissement, s'effondra dans les bras de Jos. Ce dernier étouffa un juron et la tint serrée contre lui. L'espace d'une seconde, Graham et lui se mesurèrent du regard ; puis l'agent immobilier se dirigea vers la porte. Cependant, avant de quitter la maison, il se retourna.

— Nous ne faisions rien de répréhensible, Saunders, je vous donne ma parole d'honneur. Mais je puis vous assurer que si vous faites du mal à Clare, vous aurez affaire à moi !

Sur cette menace, il sortit, faisant claquer la porte derrière lui.

Jos souleva Clare dans ses bras, monta l'escalier jusqu'à la chambre et la déposa sur le lit.

— Tu peux ouvrir les yeux, ordonna-t-il, il est parti !

Clare ouvrit les yeux et soupira.

— Je n'aurais pas été obligée de feindre l'évanouissement si tu avais accepté d'écouter...

— A quoi auraient servi les mots ? Je rentre à la maison et te trouve dans les bras de ton ancien soupirant...

— Bon sang, Jos, tu ne comprends donc pas que je t'aime ?

Jos sursauta comme s'il venait d'être mordu par un serpent. D'une voix blanche, il demanda :

— Que veux-tu dire ?

— Je t'aime ! Je t'aime depuis le premier jour où je t'ai vu. Même lorsque j'avais perdu la mémoire, je savais que je t'aimais.

— Mais alors, que faisait Ashleigh ici ? Je t'ai vu l'embrasser !

Clare expliqua.

— Tu es retournée à Stratton Place ? Seule ? Mais pourquoi ?

— Je voulais revoir ces balustrades. Elles sont, en effet, à hauteur de la taille. J'étais pourtant persuadée qu'elles étaient beaucoup plus basses !

— Et tu avais raison !

— Que veux-tu dire ?

— Je me suis rendu en ville, à la bibliothèque. J'ai consulté les journaux de l'époque. J'ai trouvé celui relatant ce qu'ils ont appelé : « La chute fatale ». Le verdict du tribunal a été sans appel. Il s'agissait d'un accident. La balustrade était trop basse, et la victime avait bu plus que de raison. Afin d'éviter d'autres accidents de ce genre, le juge a conseillé de faire procéder au changement de la balustrade.

— C'est ce qui fut fait. Ma mère l'a consigné dans son journal intime.

— Isobel tenait un journal intime ?

— Oui.

— Et elle y a raconté ce qui s'est passé ce jour-là ?

— Dans les moindres détails. Mais peut-être vaut-il mieux que tu ne le lises pas. Laissons le passé...

— Tu essaies encore de la protéger !

— Non.

— Alors, j'ai le droit de savoir.

— Très bien. Le journal est dans mon sac. Je vais le chercher.

Jos se plongea dans la lecture. Après une dizaine de minutes, il releva la tête, le visage exsangue.

— Ainsi, c'était moi que tu essayais de protéger !

Puis, dans un souffle, il ajouta :

— Cette haine pendant toutes ces années... contre Isobel qui n'était pas fautive !

Son désarroi était total.

— Comment ai-je pu me tromper à ce point ?

Clare vola à son secours.

— Ce n'est pas ta faute, Jos. Lorsque tu as entendu tes parents se quereller et parler de divorce, tu n'as pas compris qui le demandait.

— Comment l'aurais-je pu? Ma mère avait toujours été l'image de l'épouse dévouée. Comment aurais-je pu imaginer qu'elle était tombée amoureuse d'un autre homme au point de vouloir obtenir le divorce?

Clare laissa échapper un profond soupir.

— Elle a également pris mon père au dépourvu. De toute évidence, elle n'était pour lui qu'une de ses nombreuses aventures. Divorcer était bien la dernière chose qu'il désirait. Cela aurait pu nuire à sa carrière. Il est étrange que deux femmes aient pu aimer à ce point un individu aussi cynique! S'il ne fait aucun doute que la chute de ta mère ait été accidentelle, il n'en demeure pas moins vrai qu'elle venait enfin de comprendre que mon père ne l'épouserait jamais et qu'elle n'avait été pour lui qu'un objet de plaisir. C'est ce qu'elle était venue confier à ma mère, et elle avait bu... On connaît la suite. S'il y a un responsable de la mort de ta mère, c'est mon père et lui seul. Il a réussi à briser sa vie et celle de ma mère. A la suite de ce drame, elle n'a jamais plus été la même. C'est alors et seulement alors qu'elle a commencé à se conduire comme tu le sais, essayant de s'étourdir avec de nombreux amants.

— Pourras-tu jamais me pardonner d'avoir concentré toute ma haine envers une seule et même personne, qui était en fait totalement innocente?

— Je t'en prie, Jos, supplia Clare d'une voix ardente, oublie cette haine qui a gâché ta vie pendant toutes ces années! Et, surtout, ne la retourne pas contre toi. Prends plutôt exemple sur nos mères qui, malgré les terribles épreuves qu'elles ont traversées, sont restées, jusqu'au bout, les meilleures amies du monde.

Avec un sourire tremblant, elle ajouta :

— Et puis... si tu n'avais pas eu l'idée de te venger, nous n'en serions pas là où nous en sommes...

— C'est-à-dire?

— ... à partager le même lit.

— Et cela te plaît ?

— Beaucoup. Tout est *presque* parfait.

— *Presque !* Que manque-t-il pour que ce le soit totalement ?

— Un mariage éternel.

— C'est ainsi que j'ai toujours désiré que soit le nôtre. Autre chose ?

— Une vraie maison à la campagne.

— Que penses-tu du manoir de la famille ?

— Je l'adore.

— Alors, ce sera notre maison. Autre chose ?

Clare hésita une seconde, puis lança :

— C'est une maison faite pour une grande famille...

— Tu veux parler des enfants ? Combien penses-tu que nous pourrions en avoir ?

— Hum... au moins trois ou quatre !

— Je pense pouvoir y arriver. Autre chose ?

— Pour nos voyages à New York, un penthouse avec un majordome qui sache jouer au poker et qui boive du bourbon me paraît un *must.*

— Tu l'as. Autre chose ?

Pendant un certain temps, elle ne répondit pas puis osa enfin admettre :

— Ce que j'aimerais par-dessus tout, c'est que tu m'aimes, Jos.

— T'aimer ? Mais n'as-tu donc pas compris que je t'aime comme un fou, que je ne peux vivre sans toi, que la simple idée que quelqu'un puisse t'enlever à moi me fait perdre la tête ? Pourras-tu t'accommoder de cet amour-là ?

Les larmes aux yeux, elle murmura :

— Je pense que oui.

Et ils s'embrassèrent longuement, à perdre haleine.

COLLECTION AZUR

prochains rendez-vous le

janvier

L'HONNEUR DES MANTINI, de Lucy Gordon • N°1783
A la mort de Toni – qu'elle s'apprêtait à épouser malgré l'opposition de la famille de celui-ci – Donna se retrouve seule et enceinte. Et très vite à la merci de l'aîné des Montini qui entend bien veiller de près à l'éducation du futur héritier...

UN TERRIBLE MALENTENDU, de Elizabeth Oldfield • N°1784
Depuis leur divorce, Alyson et Tom n'ont jamais eu l'occasion de se revoir; mais tous deux gardent secrètement de leur mariage un souvenir attendri. Au point que lorsque le destin s'amuse à leur offrir une nouvelle rencontre, ils ont bien du mal à comprendre ce qui les a séparés.

UNE ÉPOUSE SOUS CONTRAT, de Patricia Wilson • N°1785
Après quatre ans de séparation, Logan Steele s'est mis en tête de reconquérir Abigail, son épouse légitime, quitte à utiliser les plus odieux moyens pour cela.

JEU DE MASQUES, de Liz Fielding • N°1786
Pourquoi Noah, un homme qui a toutes les femmes à ses pieds, en est-il donc venu à proposer à Olivia ce simulacre de mariage ? Parce qu'il veut la surveiller et l'empêcher de nuire à la femme qu'il aime, comme elle le croit ? Parce qu'il la sait amoureuse d'un homme marié et veut la protéger contre elle-même, comme il le prétend ? A moins qu'il n'ait d'autres raisons qu'Olivia ne peut imaginer.

L'INCONNU DE MAJORQUE, de Laura Martin • N°1787
Le soleil de Majorque parviendra-t-il à cicatriser les plaies de Lucy ? A lui seul, certainement pas. Mais avec le concours du mystérieux inconnu qui l'héberge dans sa villa de rêve, qui sait ?

BONS BAISERS D'AUSTRALIE, de Jessica Hart • N°1788
Venue passer quelques mois en Australie, après une période pour le moins agitée, Flora espère bien se reposer et faire le point. Mais sa rencontre avec Jake Tregowan bouleverse tous ses projets.

Liaisons dangereuses

ESCLAVE DE LA PASSION, de Miranda Lee • N°1789
Dans le milieu très fermé de la mode, tout le monde sait qu'Alan Carstairs, le célèbre styliste, et Ebony, le mannequin vedette, sont à couteaux tirés. Ce que tous ignorent, en revanche, c'est ce qui sous-tend cette hostilité apparente : une passion absolue, dévorante, qui les enchaîne l'un à l'autre depuis des années.

ENQUÊTE SUR UN PLAY-BOY, de Rebecca King • N°1790
Entre une journaliste rétribuée pour traquer les indiscrétions et un play-boy richissime qui fuit les échos à scandale, il ne peut exister que la plus grande méfiance. Mais l'amour peut être, parfois, plus fort que la suspicion.

3 **Le mot magique Harlequin** vous apparaîtra alors, et il ne vous restera plus qu'à remplir votre bulletin pour participer au tirage au sort (attention, renvoyez-nous la grille entièrement complétée pour participer, et non pas le **mot magique** seul).

Pour jouer, indiquez ici le cadeau que vous vous offririez avec votre chèque de 50 000 F ou de 100 000 F :

- ❑ un diamant éblouissant
- ❑ une voiture décapotable
- ❑ une salle de bains de star
- ❑ un voyage exotique
- ❑ autre ______

MOT MAGIQUE HARLEQUIN ▼

Mot-clé AZUR ▶											
Mot-clé AMOURS D'AUJOURDHUI ▶											
					O						
Mot-clé ROUGE PASSION ▶											
Mot-clé HORIZON ▶											

Nom ______

Prénom ______ Age ______

Adresse ______

______

Ville ______ CP ______

Êtes-vous abonnée : oui ☐ non ☐

Extrait du règlement : jeu gratuit sans obligation d'achat valable jusqu'au 31/01/98, doté d'un chèque d'une valeur de 100 000 FF (soit pour la Suisse 24 434 FS*), de 3 chèques d'une valeur de 50 000 FF chacun (soit pour la Suisse 12 217 FS*) et de 1000 pendentifs «trèfle à 4 feuilles» en or 18 carats. Un seul gagnant par foyer (même nom, même adresse). Un tirage au sort parmi les bonnes réponses déterminera les gagnants. Règlement complet disponible sur simple demande à : Editions Harlequin - Grand jeu du mot magique - 83/85 boulevard Vincent Auriol - 75646 Paris Cedex. Vous pouvez obtenir gratuitement une grille de participation sur simple demande à l'adresse du jeu.

* au cours officiel des douanes au 01/09/97.

Pour des raisons juridiques, les lectrices Belges ne peuvent pas participer à ce jeu.

Conformément à la loi Informatiques et Libertés du 06/01/78, vous disposez d'un droit d'accès et de rectification aux données vous concernant. Seule notre entreprise est destinataire des informations que vous lui communiquez.

VOTRE PROCHAIN RENDEZ-VOUS AVEC LES BEST-SELLERS HARLEQUIN

Le 1er janvier, découvrez trois nouveaux Best-Sellers Harlequin.

PASSIONS REBELLES, ***de JoAnn Ross*** **• n° 69**
Roxanne Scarbrough, reine du bon goût et de l'art de vivre, dont la notoriété a dépassé les frontières de son Sud natal, fait appel à Chelsea Cassidy, une non moins célèbre journaliste, pour écrire sa biographie. Une biographie qu'elle veut irréprochable, à l'instar des leçons de savoir-vivre dont elle abreuve ses millions de fans. Mais à gloire sans tache détracteurs sans scrupules. Et Roxanne en a un de taille. Un homme qui sort de prison et détient de précieux secrets sur tout un pan de sa vie passée...

LE MARIAGE À TOUT PRIX, ***de Debbie Macomber*** **• n°70**
Célibataire à trente ans et accaparée comme elle l'est par son travail, Hallie n'a d'autre choix que de confier son problème à une agence matrimoniale en vogue. Désastre ! Ses rendez-vous sont autant de désillusions : entre l'obsédé sexuel et le rapiat, l'oiseau rare ne semble pas pointer le bout du nez. Il aurait été plus simple de tomber amoureuse de son séduisant voisin. Mais voilà, Steve Marris ne songe qu'à reconquérir son ex-femme, Mary Lynn. Et puis surtout, il ne lui plaît pas. Enfin, pas comme un amant ou... un mari. Un ami seulement. Et si l'amitié a de l'avenir, seul l'avenir le dira. En attendant, l'heure tourne pour la femme de trente ans...

LA PROIE DES OMBRES, ***de Rachel Lee*** **• n°71**
Quand l'avion où se trouvaient son mari et ses deux enfants explose, Jennifer ne songe plus qu'à mourir à son tour. Suicide ? Il n'en est pas question : ses parents en nourriraient une terrible culpabilité. Elle fait appel à un tueur à gages, avant d'apprendre que l'enquête sur la mort de sa famille a conclu à un attentat. Qui se cache derrière ce plan diabolique ? Jennifer n'a désormais de cesse de le découvrir, avec l'aide de l'homme qui lui a indiqué malgré lui le tueur sans visage. Un tueur embusqué déjà lancé à ses trousses, et que rien ni personne ne peut plus arrêter...

Composé sur le serveur d'EURONUMÉRIQUE, À MONTROUGE
PAR LES ÉDITIONS HARLEQUIN
Achevé d'imprimer en novembre 1997
sur les presses de l'Imprimerie Bussière
à Saint-Amand-Montrond (Cher)
Dépôt légal : décembre 1997
N° d'imprimeur : 2132 — N° d'éditeur : 6872

Imprimé en France